치유마법의
잘못된
사용법
~전장을 달리는 회복 요원~
Vol.5
쿠로카타
KUROKATA

【네아】
인물 소개

【아르크】
【우시
【아마코】
【블루링】

【로즈】
"오, 네가 입단
희망자인가."

치유마법의 잘못된 사용법

~전장을 달리는 회복 요원~

Vol.5

저자 쿠로카타

일러스트 KeG

치유마법의 잘못된 사용법 ~전장을 달리는 회복 요원~ Vol.5

CONTENTS

구명단 수칙

~백의(白衣)의 마음가짐~

하나, 자신의 치유마법을 과신하지 말 것.

하나, 어떠한 상황에서도 마음을 강하게 먹을 것.

하나, 구하기로 정했다면 그 발을 멈추지 말 것.

제1화 다시 태어난 재앙! 그 이름은 사룡!

서신 전달 여행 도중, 우리들은 좀비의 습격을 받고 있던 소녀, 네아를 도왔다.

도와달라는 그녀의 요청에, 죽은 자를 조종하는 마물 네크로맨서의 위협에 노출된 마을을 구하기 위해 네크로맨서가 사는 저택에 숨어들었지만, 그것은 전부 평범한 마을 처녀로 위장한 네아가 교묘하게 준비한 함정이었다.

네크로맨서와 흡혈귀, 두 가지 피를 이은 마물— 죽은 자와 산 자를 조종하는 네아에 의해 여행 동료인 아르크 씨까지 그 수중에 떨어져 버린다.

어떻게든 아르크 씨를 네아의 지배에서 해방시키는 데 성공하고, 그녀의 전투 수단을 전부 빼앗았다……고 생각했으나, 그녀는 마지막 비장의 수단을 남겨 두고 있었다.

그것은 바로, 전체 길이가 15미터를 거뜬히 넘는 칠흑의 용이었다.

한쪽 날개, 외눈, 입에서 독살스러운 보라색 안개를 흘리는 용은 듣고 있기 힘든 소리로 포효하며 우리 앞을 막아섰다.

그 모습은 네아의 저택에서 손에 넣은 수첩에 그려져 있던 사룡의 그림과 흡사하여, 눈앞의 존재가 그 사룡임은 의심할 여지가 없었다.

사룡을 본 나는 한순간 몸을 경직시켰으나, 이내 냉정하게 고개를 끄덕였다.

"좋아, 도망칠까."

"응, 그러자."

"쿠오~!"

우리의 판단은 빨랐다.

아마코는 즉각 블루링의 등에 뛰어올랐고, 나는 기절한 아르크 씨를 업었다.

"저딴 걸 상대하고 있을 순 없지. 아르크 씨도 구했으니 냉큼 이곳을 떠나자."

애초에 저런 위험해 보이는 녀석과 싸워 봤자 시간 낭비다.

나는 더할 나위 없이 상큼하게 웃으며 네아 쪽을 돌아보았다.

"하하하! 네아! 사룡이란 녀석을 열심히 좀비로 만든 건 좋았지만 소용없어! 그렇게 커다란 걸로 나를 잡을 수 있을 것 같아? 멍청이! 히키코모리! 덜렁이!"

"뭐……?! 싸워 볼 생각조차 안 하는 거야?!"

일단, 여태껏 느낀 울분을 담아서 도발했다.

좀비 습격 사건이 네아의 자작극이었다고 판명된 지금, 마을을 위협하고 있다는 좀비의 행동은 거짓말이라는 뜻이 된다.

마을 사람들은 네아가 흡혈귀의 힘으로 조종하고 있겠지만, 반대로 말하자면 그녀의 지배하에 있기에 안전하게 살 수 있다고도 생각할 수 있었다.

……그래도 신경 쓰인다면 여행이 끝난 후에 확인하러 오면 된다.

이 이상 이번 일에 관여할 필요는 없다.

짐과 말을 가지러 마을로 향하려던 그때, 주위에 부는 바람의 이변을 눈치챘다.

"바람이……?"

몸이 점점 뒤쪽으로 끌려가고 있었다.

불길한 예감과 함께 돌아보니 크게 숨을 들이마시고 있는 사룡의 모습이 내 시야에 잡혔다.

드래곤이 크게 숨을 들이쉰다는 건……?!

"블루링, 뒤쪽이야!"

앞서가던 블루링을 부르고, 뒤쪽에서 올 공격에 대응하고자 사룡과 마주 섰다.

공기를 잔뜩 들이마신 사룡의 목은 크게 부풀었고, 입가와 목의 상처에서는 보라색 안개가 흘러나왔다.

"올 테면 와 봐……!"

사룡의 공격에 대비해 몸을 긴장시키자, 공기 흡입을 멈춘 사룡이 고개를 크게 젖히더니—.

"샤아—!"

갈라진 포효와 함께 하늘 높이 보라색 슬러지 같은 덩어리를 토했다.

사룡이 토한 슬러지를 올려다본 나와 블루링은 황급히 지면에 엎드렸다.

슬러지는 우리의 머리 위를 넘어 뒤쪽에 있던 숲으로 낙하했고, 지독한 냄새와 함께 잔해가 주위로 튀었다.

나는 이마에 맺힌 땀을 닦으며 안도의 한숨을 쉬었다.

"우, 운 좋게 빗나갔나?"

이 정도라면 피할 만하지만, 색깔만 딱 봐도 맞으면 위험한 것은 확실했다.

하지만 조준도 제대로 못하는 모양이니 멀쩡히 도망칠 수 있을 듯했다.

아르크 씨를 다시 업고 앞을 보자, 조금 전 슬러지가 떨어진 곳이 눈에 들어왔다.

"숲이……?!"

울창하던 나무들이 순식간에 시들었다.

썩고 있는 건가? 그리고 이 냄새!

"젠장, 역시 독인가!"

희미한 현기증과 메스꺼움에 나는 곧장 입을 막고 치유마법을 둘러 독을 치유했다.

당황해서 옆을 보니, 이미 중독되었는지 아마코의 얼굴이 새파랬다.

블루링은 아직 괜찮은 것 같지만, 이 이상 저 슬러지에 접근하면 블루링도 위험하다. 기절한 아르크 씨는 말할 것도 없었다.

"아마코, 걱정할 것 없어. 당장 고쳐 줄게."

"미, 미안……."

블루링의 등에서 아마코를 들어 올리고 바람이 부는 쪽으로 이동하여 아르크 씨와 함께 치유마법을 걸었다.

하지만 이건 어디까지나 일시적인 처치에 불과했다. 독을 뿜어내는 근원이 없어지지 않는 한, 다시 중독되고 말 것이다.

"어서 여기서 벗어나야…… 웃?!"

치료를 끝내고 바로 우회하려고 했지만, 그 앞에 다시 사룡이 토한 슬러지가 떨어졌다.

이어서 저택 주위를 뒤덮듯 슬러지가 뿌려졌다.

"도망칠 곳을 없애고 있어!"

슬러지는 우리의 앞길을 막는 것처럼 떨어지고 있었다.

사룡은 슬러지 분출을 멈추더니 외눈을 수상쩍게 좁혔다.

마치 이쪽을 품평하며 깔보는 듯한 눈이었다.

나는 이런 눈을 본 적이 있었다.

링글의 숲에서 싸웠던 뱀과 완전히 똑같은 눈이었다.

"자, 우사토를 붙잡아! 후, 후하하하하!"

"……하아."

환하게 웃으며 나를 포획하라고 지시하는 네아에게 넌더리를 내며, 나는 옆에서 으르렁거리는 블루링의 등에 치료를 끝낸 아르크 씨와 아마코를 올렸다.

그리고 블루링에 몸에 손을 얹어 치유마법을 걸어 주었다.

"싸울 수밖에 없나."

도망칠 곳은 없다.

하지만 이대로 얌전히 네아에게 붙잡힐 수는 없었다.

"블루링, 저 독과 멀리 떨어진 곳에서 두 사람을 지켜 줘. 사실은 도와줬으면 좋겠지만, 두 사람을 내버려 둘 수는 없으니까."

내 말에 블루링은 고개를 끄덕였다.

"우사토……."

"아마코도 걱정 안 해도 돼. 우선 때려서 쓰러뜨릴 수 있을지 시험해 보려는 것뿐이야."

"일단 때려서 판단하는 건 그만두자. 응?"

설마 이럴 때 상냥하게 타이를 줄은 몰랐어.

확실히, 때릴 수 있는지 없는지가 판단 기준이 되어 있구나. 안 좋은 징후야…… 응.

"크아아아아아아아아아!"

사룡 쪽은 더 이상 기다릴 수 없는 모양이었다.

용사에 관해 적혀 있었던 수기의 내용을 볼 때, 나는 절대 쓰러뜨릴 수 없는 상대겠지만, 도망치려면 이 녀석과 싸울 수밖에 없다.

아르크 씨가 깨어나 있었다면 불꽃으로 저 슬러지를 태울 수 있었을지도 모르지만, 그가 움직이지 못하는 지금은 불가능한 이야기였다.

그러니 내가 할 수밖에 없다.

"무섭네……."

이 공포의 감각은 뱀과 싸웠을 때와 똑같았다.

지금보다도 미숙했던 나는 그랜드 그리즐리를 죽인 그 무시무시한 뱀을 보고 처음으로 죽음을 의식했다.

몸의 심지부터 얼어붙는 듯한 그 감각은 지금도 기억하고 있다.

"일단은 때리자. 그것부터야."

적이 바뀌어도 내가 할 일은 변함없다.

사룡이라고는 해도 지금은 좀비다. 수기에 적혀 있는 대로의 강함을 유지하고 있지는 않을 것이다.

포효하며 이쪽으로 다가오는 사룡을 향해 나는 달려 나갔다.

"간다!"

사룡의 크기는 15미터 정도, 건물로 비유하자면 4층이나 5층 정도의 높이다.

지면을 기듯 전진하는 그 모습은 마치 다친 짐승처럼 느렸고, 그 크기와 느린 움직임이 파고들 빈틈이 될 터였다.

사룡은 코앞까지 다가온 내게 비대해진 팔을 크게 휘둘렀다.

"그저 커다랗기만 해서야!"

앞으로 발을 크게 내디뎌, 휘둘린 팔을 회피했다. 팔이 지면을 치자 굉음이 울리며 땅에 큰 균열이 생겼다.

"윽!"

이 위력, 나라도 직격은 위험하겠어!

"그기기기기긱!"

"기분 나쁜 목소리네!"

벌레가 뭉쳐서 뭔가를 갉는 듯한 소리에 얼굴을 찌푸렸다.

그 목소리가 웃음소리처럼 들린 것도 그랬지만, 좀비로서 조종당하고 있음에도 불구하고 **의지**가 있는 것처럼 느껴졌기 때문이다.

사룡이 재차 팔을 위에서부터 내리쳤다.

"우왓?!"

순간적으로 뒤로 물러나 회피했으나 지면에 손톱이 크게 박히는 광경을 보니 식은땀이 났다.

최악이게도 사룡의 공격은 한 번으로 끝나지 않았고, 이번에는 떼를 쓰는 어린아이처럼 나를 향해 양팔을 내리찍기 시작했다.

"우와와와왓?!"

이쪽으로 몇 번이고 휘둘리는 팔을 필사적으로 피했다.

접근을 시도했으나 팔을 내리찍을 때 생기는 강렬한 풍압 때문에 좀처럼 다가갈 수 없었다.

일단 거리를 둔 나는 하늘을 날고 있는 네아에게 외쳤다.

"어이!"

"음~ 포기할 마음이 들었어?"

"오기로라도 포기 안 해! 그보다 이 녀석, 정말로 네가 조종하고 있는 거야?!"

아무리 봐도 폭주하고 있는 것처럼 보이는데?!

내 말에 네아는 코웃음을 쳤다.

"내가 조종하고 있는 거냐고? 당연하지. 영혼이 없는 시체를 조종하는 게 내 힘이야. 심지어 내 좀비는 명령을 절대 어기지 않아."

네아는 자신만만하게 단언했다.

"명령을 어기지 않는다, 라……."

그렇다면 날뛰고 있는 것처럼 보이는 이 녀석도 네아의 뜻에 따라 움직이고 있다고 생각하면 되는 건가?

흐응~ 그렇군.

……좋아.

"치유 시야봉인!"

나는 망설이지 않고 네아의 안면을 향해 혼신의 치유마법탄을 날렸다.

똑바로 날아간 치유마법탄은 득의양양한 네아의 안면에 직격했다.

"끄엑?! 내, 내 눈~~~?!"

"좋았어!"

명중률에 아직 문제가 있지만, 이번에는 제대로 맞았다. 네아의 움직임을 막으면 사룡도 알아서 멈출 터―.

여자아이답지 않은 비명을 지르며 저택 지붕 위로 휘청휘청 떨어지는 네아를 힐끔 본 나는, 움직임이 멈춘 사룡을 응시하며 있는 힘껏 주먹을 움켜쥐었다.

"지금이 기회야."

치유마법은 필요 없다.

진심으로 두들겨 팬다!

활을 당기듯 오른쪽 주먹을 뒤로 뺀 나는 움직임을 멈춘 사룡에게 일직선으로 돌진했다.

눈앞에 보이는 새까만 비늘― 비늘을 보면 그 뱀이 떠오르지만, 그때의 나와는 다르다.

훈련도 했고, 그런대로 성장했다.

그러니까—.

"이거나 먹어라!"

우렁차게 외치며 전력으로 내지른 주먹은 기세 좋게 사룡의 흉부에 꽂혔다.

『용사, 똑같다.』

『죽인다.』

제2화 절체절명! 가공할 사룡의 힘!

전력으로 내지른 내 주먹이 사룡의 흉부에 꽂혔다.

나도 내가 진심으로 가한 일격이 어느 정도의 위력인지는 파악하지 못한 상태지만, 좀비의 어깨가 날아갈 정도의 주먹이었다. 평범한 인간을 상대로는 절대로 쓸 수 없는 위력인 것은 확실했다.

그러나 사룡을 때린 주먹에서는 대미지를 줬다는 느낌이 전혀 전해지지 않았다.

"단단해……!"

마치 두껍고 단단한 고무를 후려친 듯한 감촉이 느껴졌다.

네아가 마술을 걸었던 갑옷과 달리, 충격이 그대로 막히고 흡수되는 듯한 감각이었다.

내 주먹이 전혀 듣지 않는다.

그런 생각이 머릿속을 스친 순간, 품속에 있는 수기에 적혀 있던 한 문장이 떠올랐다.

『그 공격은 사룡의 견고한 비늘 앞에서 의미를 이루지 못했다.』

잊어버렸던 것은 아니다.

하지만 수백 년 전의 생물이 온전할 리가 없다고 낙관적으로 생각했다. 실제로 온전하지는 않을 것이다.

그럼에도 내 주먹으로는 꿰뚫을 수 없을 만큼 사룡의 몸은 단단했다.

"큭!"

순간 동요하고 말았지만, 네아가 회복되기 전에 물러나자.

그렇게 생각하며 주먹을 빼려고 했을 때, 두근거리는 고동 같은 것이 주먹에 전해졌다.

"……뭐지?"

기분 탓인가 생각하면서도 다시 한 번 확인하려고 하자, 나를 비추고 있던 달빛이 **무언가**에 의해 불시에 차단되었다.

"엇……."

네아는 여전히 얼굴을 손으로 덮고서 신음하고 있다.

그녀가 조종하고 있을 터인 좀비가 멋대로 움직일 리가 없다.

그렇게 자신을 타이르며 주먹을 쥐고서 위를 올려다보았고…….

"……읏?!"

눈이, 마주치고 말았다.

얼굴을 옆으로 돌려 하나 남은 눈으로 위에서 내려다보는 사룡과, 얼굴을 든 내 시선이 교차했다.

건조하여 갈라진 안구에서는 명확한 의지 같은 것이 느껴졌고, 크게 찢어진 입꼬리가 일그러져서 마치 나를 조소하고 있는 듯한 착각이 들었다.

"……."

위험하다.

뭔지는 잘 모르겠지만 위험하다.

이 녀석은 그 뱀보다도 더 위험한 생물이다.

어휘력이 부족한 나는 이 녀석을 어떻게 표현하면 좋을지 모르겠지만, 뱀 앞의 개구리라는 말은 참 잘 만든 속담이었다.

지금 내가 딱 그 상태였다. 그저 시선을 받았을 뿐인데 가위라도 눌린 것처럼 꼼짝도 할 수 없었다.

이대로 경직되어 있으면 안 된다.

이 녀석의 의지가 있든 없든, 네아가 일어나면 눈앞에 있는 나는 아무것도 하지 못하고 사룡에게 당하리라.

그것만큼은 피해야 해!

"으, 윽…… 흡!"

앞으로 내민 채 굳었던 주먹을 거두어 그대로 내 이마를 때렸다.

한순간 의식이 날아갈 뻔했지만 굳어 있던 몸과 마음은 일단 원래대로 돌아왔다.

"좋아!"

충격 요법 탓에 이마가 찢어져서 미간을 타고 흐르는 피 때문에 얼굴이 새빨갛게 물들어 버렸지만, 치유마법으로 고치면 되니 문제없었다.

손으로 피를 닦고, 미동조차 하지 않은 채 나를 내려다보고 있는 사룡과 거리를 벌렸다.

"그럼 어떻게 할까."

독도 위험하고 발톱도 위험하고 꼬리도 위험해 보였다.

내 무기인 주먹도 효과가 없는 듯하니, 내가 이 녀석을 쓰러뜨리는 것은 절망적이라고 해도 좋았다.

"그럼 네아를 쓰러뜨릴까."

네아가 말한 대로 이 녀석이 정말로 **좀비로서 그녀의 지배하에 있다**면, 그 근본인 그녀를 공격해서 이 싸움을 끝낼 수 있을 것이다.

그리고 아르크 씨와 달리 이 녀석은 공격의 위력이야 엄청나지만 속도는 별 볼 일 없었다. 네아를 공격하더라도 방해받지는 않을 것이다.

그렇게 생각하고서 싸움 방식을 사룡과의 일대일 결투에서 네아를 응징하는 방향으로 바꾸려고 했을 때, 나를 주시하던 사룡이 다른 방향으로 부자연스럽게 고개를 돌렸다.

"하, 개, 히, 아, 사……, 저후, 어새, 그, 그그그극."

"……? 뭐라고 하는 거야?"

단순히 좀비 특유의 신음일지도 모르겠지만, 이 녀석은 내 대각선 뒤쪽을 보고 있었다.

귀소 본능? 아니면 용사와 싸웠던 장소 쪽을 보고 있는 건가?

애초에 좀비에게 그런 생각이 있나?

수기에 의하면 녀석이 죽은 곳은 사마리알일 텐데, 보고 있는 방향은 정반대였다.

그쪽에 있는 것은 테트라 씨가 사는 마을뿐이었다.

"뭐, 됐나. 이 녀석은 무시하자. 어차피 아무것도 못할 테고."

나는 사룡을 무시하고 반파 상태인 저택으로 달리기 시작했다.

일단 사룡을 경계하며 옆을 지나쳤다.

특별히 아무런 반응도 없는 것을 보면 정말로 네아의 명령대로 움직이고 있다고 생각해도 될 것 같았다.

그에 안심하면서, 저택 지붕으로 올라가기 위해 도움닫기를 하여 날아올랐다.

"기힉!"

그 순간, 내 귀가 불쾌한 웃음소리를 포착했다.

그것이 들림과 동시에 사룡의 목이 크게 부풀어 올랐다.

"윽, 이런……!"

함정이었나?!

부식시키는 슬러지를 내 근처에 토하려는 건가?!

황급히 그 자리에서 벗어나려고 했지만 어째서인지 사룡은 이쪽을 보고 있지 않았다.

나 따위는 안중에 없는 것처럼 목을 크게 부풀리며 공기를 들이마셨다.

사룡이 왜 저러는지 모르는 나는 저택 모서리를 붙잡고서 곤혹스러워할 수밖에 없었다.

그런 내 귀에 멀리 떨어진 곳에 피난시킨 아마코의 목소리가 희미하게 전달되었다.

소리를 따라 시선을 주니 블루링과 아르크 씨가 있는 곳에서 아마코가 필사적으로 무언가를 전하려 하고 있었다.

"—! ——!"

"……윽, 뭐라고? 바람이 강해서 안 들려!"

바람 소리 때문에 뭐라고 하는지 알 수 없었다.

눈에 모래가 들어가지 않도록 팔로 얼굴을 보호하며 그녀의 입 모양을 주시했다.

마, 을…… 독…… 떨, 어져…… 마을에 독이 떨어진다고……?

거짓말이지?!

"그렇게는 못 해!"

그녀의 말을 이해한 순간, 나는 저택의 벽을 발로 박차고 사룡에게 돌격했다.

휘몰아치는 바람을 맞으며 왼손을 주먹 쥔 나는 아까와는 달리 명백한 적의를 담아 사룡의 눈이 없는 쪽 아래턱을 강하게 후려쳤다.

내 일격에 아래턱이 왼쪽으로 어긋난 사룡의 입에서 보라색 안개가 흘러나와 내게 쏟아졌다.

"윽……!"

독에 중독되면서도 치유마법을 행사하여 지면에 착지했다.

그러나 즉각 나을 리도 없어서 그대로 엉덩방아를 찧고 말았다.

"쿨럭…… 컥……."

목을 당했는지 기침과 함께 나오는 피를 땅에 뱉고 입을 닦았다.

"윽, 훈련으로 익숙해졌다고는 하지만, 역시 독은 힘드네……."

중독된 몸과 다친 부분을 고치며 투덜거린 나는 후려쳐서 날려버린 사룡을 앉은 채로 보았다.

사룡은 입을 잡으며 뒤에 있는 저택에 격돌해서 지면에 쓰러져 있었다.

해치우지는 못했다. 그저 턱을 때려 머리를 흔들었을 뿐이니 금방 일어날 것이다.

"나도, 얼른 일어나야 해……."

녀석을 그냥 내버려 둘 수 없게 되었다.

무슨 일이 있어도 여기서 해치워야만 한다.

독을 고치고 일어서자 블루링 옆을 벗어난 아마코가 낯빛을 바꾸고 이쪽으로 달려왔다.

"전해져서 다행이야……!"

"응, 고마워. 네가 없었으면 큰일 났을 거야. 그건 그렇고, 저 녀석……."

내가 있는데도 사룡은 테트라 씨와 촌장님이 있는 이아바 마을을 노렸다.

아까 내 뒤쪽을 봤던 것도 어둠 속에서 밝게 빛나는 마을이 보였기 때문이었다.

어째서 마을을 노렸는지는 모른다. 하지만 네아의 짓이 아님은 확실했다.

그녀가 아무런 이유도 없이 조종하고 있는 마을 사람들을 죽이지는 않을 것이다.

"저 녀석을 너무 안이하게 봤나 봐. 아까 녀석이 뭐라고 말했는지 겨우 이해했어."

마을을 보며 사룡이 했던 말…….

아까는 몰랐지만, 사룡의 더러운 성질을 보고 그 의미를 완전히 이해하게 되었다.

"파괴, 피와 살, 전부 없앤다. 즉, 녀석은 파괴 충동으로 똘똘 뭉쳐 있어. 지금까지는 내가 가지고 놀 만한 도구인지 관찰하고 있었지만, 내 뒤에 더 좋은 놀잇감이 있는 걸 발견하고 그쪽을 노린 거야."

공격을 전혀 맞아 주지 않는 나는 아무래도 녀석의 마음에 차지 않은 듯했다.

지금 확신했다. 이 녀석은 절대 간과해서는 안 될 사악한 생물이다.

"네아는 엄청난 녀석을 되살린 모양이야. 다행인지 불행인지 그녀는 아직 얼굴을 누른 채 나가떨어져서 상황을 이해하지 못한 것 같지만."

정말로 쓸데없는 짓을 저질렀다.

네아도 그렇지만, 이런 성가신 녀석을 완전히 매장시키지 않은 선대 용사도 그랬다. 아무튼 내가 이 녀석에게서 도망친다는 선택지는 없어져 버렸다.

"내 주먹이 전혀 안 듣는 건 아니야. 봐, 아마코. 녀석의 턱관절이 어긋나서 입을 다물지 못하게 됐어. 외피는 단단하지만 안쪽 뼈는 그렇지 않아. 나도 부술 수 있는 경도야."

"……우사토, 도망치자."

"……뭐?"

주먹을 다잡으며 사룡에게 가려던 나를 아마코가 막았다.

그녀의 말에 나는 얼빠진 목소리를 내고 말았다.

"도망치자니, 그게 무슨 소리야? 이대로 녀석을 내버려 두면 큰

일이 벌어질지도 모르잖아. 그리고…… 저 녀석이 토한 슬러지 때문에 우리는 여기서 못 나가.”

“안쪽에 있는 나무는 아직 완전히 썩지 않았으니까 어쩌면 탈출할 수 있을지도 몰라. 우사토, 나도 마을 사람들이 걱정돼. 하지만 세상 모든 일을 어떻게든 할 수 있는 건 아니야…….”

“…….”

“저건 평범하지 않아. 우사토가 아무리 대단하더라도 어떻게 할 수 있는 상대가 아니야.”

확실히 사룡은 강하다.

아까까지의 싸움은 분명 사룡에게 싸움조차 아니었을 것이다.

상대하는 것 자체가 어리석은 짓이지만, 저것을 내버려 둔다는 생각은 지금 내게 없었다.

“봤잖아, 아마코. 저 녀석은 주저 없이 마을에 독 덩어리를 떨어뜨리려고 했어.”

“……!”

“나조차 일시적으로 움직일 수 없게 됐던 독이야. 어린아이나 여성이 마신다면 불과 몇 분 만에 목숨을 잃을 거야.”

심지어 슬러지는 초목을 부패시킬 만큼 유해했다.

아까는 마을에 떨어뜨리려고 했지만, 그것이 링글 왕국이나 루크비스에 떨어진다면 분명 큰일이 벌어질 것이다.

구명단이 있는 링글 왕국은 몰라도, 어린아이가 많은 루크비스는 어떻게 대처할 수 없으리라.

"저런 독을 뿌리는 녀석이 폭주해서 가까운 나라를 덮치면 어떡해? 저 사룡이 내가 아는 존재와 같다면 끝없이 파괴를 가져올 거야. 그야말로 마왕군 따위는 문제도 안 될 만큼."

"……읏, 하지만, 우사토가 죽을 거야……."

"……."

「나는 죽지 않는다」고 안이한 말은 할 수 없었다.

이 상황에서 그녀를 안심시킬 말 같은 건 찾을 수 없기 때문이다.

그래도 뭐라도 해 주자 싶어서 아마코의 머리에 손을 얹었다.

특별한 의미는 없었다. 하지만 혼자가 아니라는 사실에 나 자신도 사룡에 대한 공포가 아주 조금 누그러졌다.

"여기 있으면 휘말릴 거야."

침통한 표정이 된 아마코는 고개를 끄덕이고서 블루링이 있는 곳으로 달려갔다.

"응?"

사룡 쪽을 보니, 녀석은 부자연스러운 상태로 멈춰 있었다.

미세하게 몸이 떨리고 있었다.

무언가가 움직임을 방해하고 있는 건가?

의문스럽게 여기고 있을 때, 저택 지붕 위에서 새빨개진 얼굴로 나를 노려보는 네아를 발견했다.

그녀는 코를 누르며 이쪽을 향해 삿대질했다.

"이게 진짜! 더는 용서 못 해! 몇 번이고 계속해서 나만 노리고, 나한테 무슨 원한이 있어서 그러는 거야!"

"……하아."

원한밖에 없는데 말이지……. 그렇게 말하고 싶은 기분도 모르는 바는 아니지만.

평정을 되찾은 네아에게서 사룡으로 시선을 옮기니 역시 움직이지 못하는 것처럼 보였다.

그렇군. 네아가 조종하고 있다는 것은 정말인가 보다.

아까 사룡이 자유롭게 움직일 수 있었던 것은, 내가 그녀를 혼란에 빠뜨려 좀비로서의 구속이 느슨해지며 몸의 주도권이 사룡에게 돌아왔기 때문인가…….

그렇다면 네아를 설득하면 어떻게든 될지도 모른다.

"네아, 그 녀석은 영혼을 가지고 있어. 너로서는 완벽하게 다룰 수 없는 괴물이야. 아직 네가 명령할 수 있을 때, 그 녀석을 시체로 되돌리는 편이 좋아."

"뭐? 영혼을 가지고 있다고?"

사룡은 상당히 위험한 상태였다.

그녀가 동요하기만 해도 사룡의 의식이 간단히 표면으로 나온다면, 섣불리 네아를 공격할 수도 없었다.

어쩌면 저것은 그녀의 지배에서 점점 벗어나고 있을지도 모른다.

"그런 거짓말에 속을 것 같아? 죽은 육체에 영혼은 깃들지 않아."

"아까 그 녀석은 내가 아니라 마을에 독을 뿜으려고 했어. 막지 않았다면 지금쯤 마을 사람들은 중독되어 죽었을 거야."

"……그거야말로 나한테는 어찌 되든 좋은 이야기야. 나는 300년을 산 마물이야. 내가 왜 인간을 걱정해야 해? 그보다 그런 말로 나를 동요시킬 수 있을 줄 알았어?"

"……."

귀찮은 아이다. 도저히 아득한 연상이라고는 생각할 수 없었다.

"얘기는 끝났니? 사룡, 가라!"

"이야기가 성립조차 안 됐지만 말이지……."

네아의 명령을 따르려는 걸까? 사룡이 턱이 어긋난 채 이쪽을 노려보았다.

그러고서 녀석은 무슨 생각을 했는지 그 자리에서 크게 숨을 들이마시기 시작했다. 브레스를 토하려고 해도 턱이 빠져 있어서 불가능할 터였다.

뭘 하려는 거지?

섣불리 다가갈 수 없어서 경계하고 있으니 사룡이 고개를 치켜들어 위를 보았다.

"……읏, 설마!"

네아가 내린 명령은 나를 향한 공격이었다.

최종적으로 내게 공격이 통하기만 한다면 그 과정에서 무슨 일이 일어나든 문제는 없다는 뜻이었다.

아래턱이 빠진 채로 숨을 들이마신 녀석이 지금부터 뭘 하려는 것인지 그 의도를 이해하고 말았다.

"네아! 지금 당장 거기서 벗어나!"

"뭐?"

네아를 향해 있는 힘껏 치유마법탄을 투척한 나는 치유마법을 두르며 그 자리에서 달리기 시작했다.

그 순간, 화산이 분화하듯 사룡의 입에서 보라색 독 안개가 넘쳐 흐르며 주위를 뒤덮었다. 사룡 근처에 있던 네아는 그 안개에 삼켜지고 말았다.

"젠장! 맞았어야 할 텐데!"

적이어도 상관없다.

지금 그녀에게 무슨 일이 생기면 저 사룡을 억제하고 있는 굴레가 풀려 버린다.

그녀 곁으로 가기 위해 나는 망설임 없이 독 안개 속으로 돌격했다.

하지만 그와 동시에 엄청난 충격이 나를 강타했다.

"억……?!"

보인 것은 뱀처럼 꿈틀거리는 꼬리.

유인……당했어……?!

평범하게 나를 붙잡는 것은 무리이니 시야를 차단한 건가?!

독 안개 속에서는 시야가 좋지 않았고, 게다가 몸이 중독된 가운데 가해진 통렬한 일격에 나는 어쩔 도리도 없이 날아갔다.

이어서 채찍처럼 휘어진 꼬리가 지면을 구르는 나를 때렸다.

"아……프잖아!"

어떻게든 늦지 않게 방어했지만 독과 상처 때문에 제대로 집중할 수가 없어……!

네아의 속박에서 벗어남과 동시에 나를 공격하다니 보통이 아니다.

빨리 녀석의 공격 범위에서 벗어나야 해!

욱신거리는 몸에 치유마법을 계속 걸며 일어나려고 했으나, 나를 내려다볼 수 있는 위치까지 다가온 사룡이 그 커다란 팔로 내 몸을 짓눌렀다.

"크윽……."

"큭, 카카카…… 카카카."

사룡은 턱이 어긋난 탓에 제대로 목소리를 내지 못했으나 업신여기고 있음은 알 수 있었다.

목소리가 제대로 나오지 않는 것이 마음에 들지 않았는지, 사룡은 나를 누르고 있지 않은 반대쪽 팔로 어긋난 턱을 잡더니 우두둑 소리와 함께 원래 위치에 끼웠다.

"잡았다."

"……뭐야, 말할 만한 지능이 있었던 건가."

쉬어 버린 것처럼 잠긴 목소리가 사룡의 입에서 나왔다.

그 불쾌한 목소리에 잔뜩 비아냥거리는 대답을 돌려주자 입꼬리를 일그러뜨린 사룡이 내게 얼굴을 가까이 가져다 댔다.

"용사, 는, 죽인다. 그 피, 한 방울도, 남기지 않고."

"……뭐?"

용사? 선대 용사를 말하는 거지?

왜 나한테 그런 말을 하는 거지? 설마 이 녀석은 나를 용사라고 생각하고 있나?

"잠깐, 아니야…… 난 용사가 아니야."

"너, 용사, 인간, 아니다."

"……인간이 아니라고?"

……설마했던 착각이냐아아아!

저는 용사가 아니라 그저 휘말렸을 뿐인 일반인입니다만?!

그보다 인간이 아니라니?!

그런 판정 기준으로 용사를 인지한다면 구명단원은 전부 용사야!

사룡이 말을 할 수 있는 것보다도 설마했던 착각에 충격을 감출 수 없었다.

"그러니까, 죽인다."

"……윽!"

하지만 이 상황은 상당히 위험했다.

나를 깔아뭉개려고 하는 팔을 떠받치며 이 상황을 어떻게 타개할지 필사적으로 생각했다.

그러나 생각이 떠오르기도 전에 사룡은 나를 움켜잡더니 팔을 치켜들었다.

이 녀석이 뭘 하려고 하는지 이해한 나는 앞으로 다가올 충격에 대비했다.

"아, 큰일 났다. 죽을지도."

다음 순간, 로즈에게 맞았을 때와 동등한, 아니, 그 이상의 충격이 내 몸을 덮쳤다.

***

사룡이 토한 독은 안개처럼 바람을 타고 저택 주위를 뒤덮었다.

그 광경을 본 우사토는 네아에게 도망치라고 외친 후에 독 안개 속으로 뛰어들었다.

우사토는 치유마법이 있으니까 괜찮아.

튼튼하니까 괜찮아.

그런 그를 보고 달려가고 싶은 충동을 억누르며 상황을 지켜보고 있으니, 독 안개에 휩싸인 저택 위쪽에서 까만 무언가가 튀어나왔다.

"콜록콜록…… 으으…… 우웨엑…… 으으……."

네아였다.

사룡의 독을 살짝 마시고 말았는지 눈물을 흘리며 기침한 그녀는 당황한 표정으로 자신의 가슴 부근을 문질렀다.

"엉망진창이야…… 나까지 끌어들이다니…… 하지만 왜 우사토는 나를……."

……지금은 저 여자를 신경 쓰고 있을 때가 아니다.

곧장 독 안개 쪽으로 의식을 집중했다.

평범한 사람은 버틸 수 없을 독 속으로 들어간 우사토는 지금 어떻게 됐을까.

그때, 독 안개 위쪽이 희미하게 일렁이더니 무언가가 튀어나왔다.

그것은 사룡의 거대한 팔이었다. 그러나 그 손이 움켜쥐고 있는 것을 보자 온몸의 피가 얼어붙는 듯한 오한이 들었다.

"우사토?!"

우사토가 사룡의 손에 붙잡혀 있었다.

움직이지 못하는 그를 보고 동요한 순간, 동요는 공포로 바뀌었다.

팔을 크게 치켜든 사룡은 마치 돌멩이를 던지듯 우사토를 저택에 내던졌다.

"아……."

정도를 벗어난 힘으로 저택 지붕에 처박힌 그는 그대로 지붕을 뚫고 3층과 2층까지 관통하여 1층 지면에, 여기까지 전해지는 땅울림과 함께 내동댕이쳐졌다.

"아, 아아…… 우, 사토……."

인간은 절대 버틸 수 없을 충격이었다.

인간이 저런 충격을 받으면 몸이 터져 버린다.

우사토가…… 죽었어?

눈앞의 현실을 받아들이지 못하고 무릎을 꿇고 말았다.

"안 돼, 이런 거, 못 봤어……. 우사토가 이런 데서, 당할 리가 없어……."

나는 그의 죽음을 예지하지 않았다.

아직 내가 예지한 장면과 조우하지 않았다.

스스로를 타이르듯 중얼거리고, 그가 떨어졌을 저택 쪽으로 비틀비틀 다가가려고 했다.

하지만 옆에서 사태를 지켜보고 있던 블루링이 나를 막았다.

"블루링……?"

"크앙."

블루링에게서 느껴진 감정은 분노도 슬픔도 아닌 신뢰 비슷한 것이었다.

"……걱정할 필요, 없는 거야?"

그 말에 득의양양한 얼굴로 고개를 끄덕인 블루링은 우사토가 떨어진 저택 쪽을 보았다. 저 정도에 우사토가 당할 리 없다, 그렇게 말하고 싶은 걸까?

"괜찮, 아……?"

우사토와 블루링이 어떻게 만났는지는 이야기를 들어서 알고 있었다.

『링글의 어둠』이라고 불리는 숲에서 블루링의 부모를 죽인 뱀 마물을 상대로 우사토와 함께 싸웠다고 했다.

결국 끝장을 낸 것은 우사토의 스승인 로즈 씨라고 했지만, 장절한 만남인 것은 변함없었다.

함께 수라장을 헤쳐 나온 동료이기에 블루링은 알 수 있을지도 모른다.

우사토는 그렇게 간단히 죽을 만한 인간이 아니라는 것을…….

블루링의 올곧은 눈을 본 나는 눈가를 닦고서 고개를 끄덕였다.

"맞아. 내가 동요하면 안 되겠지. 우사토는 괜찮아. 저 정도에 당할 리가 없어."

나는 그와 만난 지 얼마 되진 않았지만, 그가 얼마나 대단한지 몇 번이나 보았다.

도저히 인간이라고 생각할 수 없는 방식으로 움직이고, 성격이 갑자기 바뀌기도 하고, 심술궂은 면도 있는 등 터무니없는 구석이 있지만, 그는 한 번도 나를 배신하지 않았다.

지금도 똑같다.

내가 믿어야 한다.

그를 믿고, 나는 내가 해야 할 일을 하는 거야.

"고마워, 블루링. 덕분에 진정이 됐어."

지금 독이 만연한 저택 근처에 가면 나까지 중독되고 만다.

그렇게 되면 우사토가 무사하더라도 그를 방해하게 될 것이다. 그러니 나는 여기서 사룡의 움직임을 예지하며 블루링과 함께 아르크 씨를 지키자.

그의 무사를 믿고 뒤로 물러난 나는 독 안개에 휩싸인 사룡 쪽을 보았다. 그 근처에서는 네아가 곤혹스러운 얼굴로 우사토가 처박힌 곳을 바라보고 있었다.

"그……극, 갸, 갸힉."

사룡이 꼬리를 한 번 휘두르자 독 안개가 날아갔다.

사룡은 우사토를 내동댕이친 저택을 보고 즐겁게 목을 울리더니 서서히 팔을 치켜들었다.

"……설마?!"

그런 공격을 하고서 우사토를 더 공격하려는 거야?!

이 이상의 공격은 그의 생존을 절망적으로 만들 것이다!

"그만해!"

무심코 제지하려던 나보다도 먼저, 하늘로 날아오른 네아가 사룡의 거동을 정지시켰다.

그녀의 목소리에 사룡은 가위에 눌린 것처럼 굳었다.

"내 허가 없이 이 이상의 공격은 금지야."

"그……그극."

"요란하게 저질렀구나. 진짜 엉망진창이야. 오늘은 마을에서 자야겠네. 그 전에 우사토를 먼저 치료해야 하나? 음~ 뭐, 일단 살려 줬으니까 나쁘게 대접할 순 없지."

움직이지 못하는 사룡을 향해 마력의 빛에 휩싸인 손을 든 그녀는 생각에 잠긴 얼굴이 되었다.

한동안 고민하다가 재차 사룡 쪽으로 얼굴을 돌린 네아는 고개를 갸웃하며 손에 모은 마력을 더욱 수상쩍게 빛냈다.

"……확실히 평범한 좀비와는 다르지만 그것뿐이야. 내 지배하에 있는 한, 너는 내 꼭두각시 인형에 불과해. 마력을 없애면 넌 평범한 시체로 돌아가."

사룡의 몸이 경련하더니 그 몸에서 네아의 마력과 똑같은 보라색 마력이 나와 그녀에게 돌아갔다.

그것은 마치 사룡의 몸을 묶고 있던 굴레가 사라지는 것처럼 보였다.

네크로맨서는 시체라는 그릇에 마력을 넣어 조종한다.

그 원리로 따지자면 네아는 사룡에 주입했던 자신의 마력을 도로 거두어들이고 있다고 생각하면 되는 걸까?

10초쯤 지나자 사룡의 몸에서 마력이 전부 빠져나가며, 경련하던 몸의 움직임이 완전히 정지되었다. 그 모습을 지켜보고서 평범한 시체로 돌아간 사룡을 본 네아는 크게 한숨을 쉬었다.

"휴우~ 뭐야. 결국 평범한 시체잖아. 사룡은 무슨, 우사토도 이상한 소리나 하고……. 괜히 긴장했네. 자, 그럼 그를 붙잡아 볼까♪"

그녀가 사룡에게 등을 돌린 것을 본 나는 블루링에게 눈짓했다.

사룡이 없다면 남은 것은 네아와 좀비뿐— 그 정도라면 나와 블루링만으로도 충분히 쓰러뜨릴 수 있다.

보아하니 그녀가 사룡을 다시 좀비로 만들려면 어느 정도 마력이 필요한 것 같고, 그사이에 그녀를 때려눕히는 것 정도는 간단하다.

……내 사고방식이 약간 우사토처럼 변한 느낌은 부정할 수 없지만, 이것이 지금 상황에서 최적의 해답이리라.

아무튼 네아를 후려치자.

그녀에게 들키지 않게 저택으로 걸음을 옮겼다.

하지만 그렇게 가는 중에 네아의 등 뒤에 있는 사룡의 외눈이 시야에 들어왔다.

"……읏."

달빛을 받은 칠흑빛 눈동자…….

그 눈이 번뜩인 순간, 불현듯 떠오른 사룡의 팔이 등을 돌린 네아를 붙잡았다.

"윽?! 어, 어떻게?!"

"굴레는 사라졌다. 방해되는 마력도 빠져나갔다. 방해되는 용사도 죽였다."

말했어……?!

네아는 사룡의 좀비화(化)를 해제했을 텐데, 어떻게 사룡이 움직일 수 있는 거야?!

"고맙군, 사령술사. 네년이 되살리지 않았다면 앞으로 300년은 더 썩어야 했을 것이다."

"되살렸다고?! 너는 시체였을 텐데! 틀림없이 시체였어! 죽은 육체에는 영혼이 없어! 너의 어디에 영혼 같은 게……!"

"모르지. 그런 건 어찌 되든 좋다. 내가 여기에 존재한다는 사실은 변함없으니."

네아를 붙잡은 채 커다란 몸을 일으킨 사룡은 주위를 둘러보더니 어떤 방향으로 시선을 고정했다.

네아도 사룡이 보고 있는 방향에 있는 것이 보였는지 얼굴이 새파래졌다.

사룡이 보고 있는 방향에는 이아바 마을이 있었다.

네아가 마을 처녀로 지내던 곳이었다.

"이 세상에 되살아났다면 내가 할 일은 하나— 파괴다. 내 시야에 잡히는 모든 것을 죽일 것이다."

"아, 안 돼!"

빰까지 찢어진 입을 씩 일그러뜨린 사룡을 보고 네아가 비명을 질렀다.

"왜 안 된다는 것이지?"

"저곳은 내 거야. 제발 아무것도 하지 마. 다른 건, 어찌 되든 좋으니까……."

고개를 갸우뚱한 사룡에게 네아가 횡설수설 그렇게 말했다.

"네년에게 인간은 먹이 아닌가? 네년의 아비와 저 마을을 기억한다. 저곳은 식량 창고다. 인간들이 잡아먹힐 순서를 기다리며 헛된 삶을 살아가는 장소지."

"……읏, 맞아. 저 마을은 내…… 식량 창고야. 그러니까 손대지 말아 줘."

사룡의 말을 들은 네아는 벌레 씹은 듯한 표정을 짓고 있었다.

그러나 사룡은 그런 그녀의 말에 코웃음을 치더니 그녀를 붙잡은 손에 힘을 주었다.

"윽, 크……!"

"상관없다. 죽인다. 저 마을도, 나라도, 대륙도, 전부 망가뜨리겠다."

"안 돼…… 손대지 마. 너를 되살린 건 나잖아?"

"크, 갸갸…… 알 바 아니다. 박쥐 따위가 건방지군."

불쾌하게 웃은 사룡은 쓰레기를 버리듯 네아를 지붕이 뚫린 저택 3층으로 내던졌다. 그녀는 그대로 3층 바닥에 내동댕이쳐졌는지 내 시야에서 사라졌다.

그녀가 어떤 감정으로 마을을 감쌌는지는 알 수 없고, 알고 싶지도 않았다.

그보다도 사룡을 막을 유일한 존재였던 네아가 당해 버린 지금,

상황은 절망적이었다.

"어쩌면 좋지……?"

어떻게 맞서야 할지 예지해 봐도 사룡에게 살해당하는 결말만이 보였다.

사룡의 질척질척한 검은색 눈이 나를 바라보자 가위에라도 눌린 것처럼 꼼짝도 할 수 없었다.

죽는다.

그런 말이 머릿속을 스친 순간, 아까 우사토가 내던져진 저택의 1층 벽이 안쪽에서 뚫리더니 무언가가 뛰쳐나왔다.

그 무언가는 창에 날붙이가 달린 무기를 위쪽으로 휘둘러 눈앞에 있는 사룡의 아래턱을 힘껏 때렸다.

"긱?!"

"아까의 복수다!"

옆으로 크게 기우뚱거리는 사룡.

바람에 나부끼는 하얀 옷.

그 손에 들린, 도끼 같은 날붙이가 달린 창.

커다란 창을 가뿐하게 들고서 지면에 내려선 그는 이쪽을 돌아보았다.

"무사해?!"

그가 와 준 것이 기쁘기는 했다.

하지만 그…… 우사토의 얼굴을 본 나는 기쁨과는 다른 말을 내뱉고 말았다.

"무서워?!"

우사토의 얼굴은 피투성이였고, 그 눈은 무서우리만큼 험악하게 변해 있었기 때문이다.

***

저택에 내동댕이쳐진 나는 무시무시한 충격에 노출되면서도 어떻게든 의식을 유지할 수 있었다.

몸은 잔해에 깔렸고, 위를 보니 천장이 멋지게 뚫려서 하늘까지 보였다.

정말이지 훌륭한 일격을 받고 말았다.

덕분에 온몸이 아프고 움직이지 않아서 큰일이었다.

일단 치유마법을 걸며 몸의 움직임을 방해하는 잔해를 치우자 아까부터 움직이지 않는 오른쪽 어깨에서 통증이 느껴졌다.

"……아파."

축 늘어진 어깨에 힘이 들어가지 않았다.

아까 받은 낙하의 충격으로 어깨가 빠진 건가.

"이것만큼은 치유마법으로 고칠 수 없단 말이지……."

로즈와 훈련하며 탈골은 몇 번 경험했으나 역시 이게 가장 아팠다.

왼손으로 오른쪽 어깨를 잡고 통증을 견디기 위해 이를 악물었다.

왼팔에 힘을 줘서 억지로 뼈를 다시 맞춘 뒤, 즉각 치유마법으로 다친 어깨와 그 주변을 고쳤다.

"휴우."

팔을 빙글빙글 돌리며 어깨 말고 크게 다친 곳은 없는지 확인했다.

그 밖에 눈에 띄는 상처는 없었다. 머리가 살짝 베여서 피가 나긴 했지만 그렇게 중상은 아니었다.

로즈의 훈련으로 비슷한 위력을 체험한 내게 아까의 일격은 아직 괜찮은 범위 내였다.

……웃을 수 없는 이야기야. 전혀 웃을 수 없어.

"몸은 괜찮지만, 내가 저 녀석을 쓰러뜨릴 수 있을까……."

독도 성가신데 저 녀석은 머리도 좋았다.

내 공격이 통하지 않은 시점에서 정공법으로 이길 가망성이 희박하다는 것은 뼈저리게 통감했다. 약점 같은 것이 있다면 좋겠는데…….

"무섭다."

그 정도로 짙은 악의를 받은 것은 처음이었다.

나를 용사라고 착각해서 그렇기도 하겠지만, 흘러넘치는 증오와 살의는 내 정신을 좀먹었다.

굳은 결의가 무너지며 마음이 꺾일 것 같았다.

아마코가 말한 것처럼 도망치고 싶어졌다.

"하지만 지금 저 녀석을 막을 수 있는 건 나뿐이야."

나를 죽이면 분명 사룡은 이어서 이아바 마을을 덮칠 것이다. 그리고 다음은 더 많은 사람들이 사는 링글 왕국이나 루크비스를 노리겠지.

언젠가는 녀석을 막을 사람이 나타날지도 모르지만, 그때까지 많은 사람들이 목숨을 잃게 되리라.

그것만큼은 반드시 저지해야만 한다.

"선배……."

단복 안주머니에 들어 있는, 이누카미 선배에게 받은 부적을 움켜쥐고서 다시 한 번 그녀와 카즈키를 떠올린 나는 위를 보았다.

다시 선배와 카즈키를 만나기 위해서라도 이런 데서 죽을 수는 없다.

나는 천천히 심호흡하여 사룡과 싸울 의지를 굳혔다.

문제는 어떻게 사룡과 싸울지였다. 평범하게 때려서는 이길 수 없으니 다른 방법을 찾아야 하는데…….

"그러고 보니……."

네아의 서재에서 가지고 나온 수첩에, 선대 용사는 사룡의 입안으로 들어가 안쪽에서 단도로 심장을 찔러 쓰러뜨렸다고 적혀 있었다.

그렇다면 몸 안에서 가하는 공격이 유효할 터—.

"하지만 사룡은 좀비야. 내장이 기능하고 있을 리가 없어."

게다가 수백 년이나 방치되어 있었던 시체다. 내장 따위 진즉에 썩어서 없어졌을지도 모른다.

아니, 잠깐만…….

"그렇다면 왜 내가 때렸을 때 사룡의 몸에서……."

……이건 다시 한 번 확인해 봐야겠는데.

어쩌면 선대 용사와 똑같은 방법으로 사룡을 쓰러뜨릴 수 있을

지도 모른다.

"그렇게 정해졌다면 당장 밖으로 나가자."

발밑에 있는 잔해를 치우고 밖으로 이어진 출구로 나가려고 했을 때, 옆에서 간신히 형태를 유지하고 있던 갑옷이 쓰러지며 그 손에 들려 있던 커다란 창이 날카로운 소리를 내면서 바닥에 떨어졌다.

그 소리에 조금 놀라 소리가 난 쪽을 보았다.

"이건……."

거기 있던 것은 길이 2미터를 가뿐히 넘는 도끼가 달린 창, 할버드였다.

상당한 거한이 사용했던 무기인지, 들어 보니 제법 중량이 있었다.

"……저 괴물을 상대하려면 이 정도는 준비해야 하려나."

다행히 내가 휘두르기에 딱 좋은 무게— 읏?!

"뭐, 뭐야?!"

그때, 저택 위쪽에서 무언가가 떨어진 듯한 소리가 울렸다.

황급히 가까운 방에 들어가 창밖을 보자 코앞에 사룡의 모습이 있었다.

심지어 그 시선 끝에는 아마코가 있었다.

"느긋하게 있을 때가 아니야!"

저 녀석, 이번에는 내 동료를 건드리려는 건가!

일단 창문에서 거리를 벌리고, 어깨에 걸치고 있던 할버드를 양손으로 움켜쥐었다.

"출구로 나갈 여유는 없어. 이대로 부수고 돌파한다!"

할버드를 힘껏 옆으로 휘둘러 벽을 때렸다.

커다란 파괴음과 함께 부서지는 유리와 벽— 그것들을 지나쳐 밖으로 뛰쳐나간 나는 할버드를 고쳐 쥐고 사룡을 향해 도약했다.

"아까의 복수다!"

그리고 옆을 보고 있던 사룡의 아래턱에 풀스윙으로 할버드를 때려 박았다.

불시의 일격이 먹혔는지 사룡의 아래턱에 난 예리한 이빨 몇 개가 부서지며 녀석은 지면에 쓰러졌다.

"읏, 차!"

지면에 착지한 나는 사룡에게 추격타를 가하지 않고 아마코가 있는 쪽으로 물러났다.

"무사해?!"

사룡을 계속해서 의식하며 아마코의 안부를 확인하기 위해 말을 걸자…… 어째서인지 아마코는 나를 보고 얼굴이 새파래졌다.

어? 그 반응은 뭐야?

"무서워?!"

"구하러 왔는데 그 반응은 너무하지 않아?!"

그녀의 반응에 약간 불합리함을 느끼면서도 곧장 사룡 쪽으로 몸을 돌렸다.

녀석은 이미 일어나서 입가로 독 안개를 흘리며 증오에 찬 눈으로 나를 노려보고 있었다.

"아직 살아 있었는가, 용사!"

"하! 말이 아주 유창해졌네?! 도마뱀 주제에!"

분노한 형상으로 휘둘린 팔을 피하고, 양손으로 든 할버드를 사룡의 옆구리에 때려 박았다.

그러나 그것도 주먹과 마찬가지로 튕기며 효과가 없었다.

역시 도끼날로도 안 되나. 이 녀석, 얼마나 단단한 거야.

"이건 어떠냐!"

무기를 왼손으로 바꿔 들고, 오른쪽 손바닥에 생성한 치유 마법탄을 연속으로 사룡의 눈에 던져 시야를 봉인했다. 작은 파열음과 함께 시야가 봉인된 사룡은 소리를 지르며 막무가내로 팔을 휘둘렀다.

하지만 즉각 녀석의 대각선 뒤쪽으로 돌아든 내게는 맞지 않았다.

"하앗!"

그대로 사룡의 뒷다리에 날아차기를 먹여 균형을 무너뜨렸다.

땅을 뒤흔들며 사룡의 거구가 털썩 쓰러졌다.

사룡의 흉부가 무방비하게 드러난 것을 본 나는 할버드를 지면에 꽂고 맨손으로 사룡에게 돌격했다.

"내 생각이 맞다면!"

맨 처음 주먹을 꽂았을 때와는 다르게 이번에는 바탕손으로 사룡의 흉부를 쳤다.

그다지 힘을 담지 않았기 때문인지 대단한 효과는 없었다.

"……역시나."

손바닥으로 확실한 고동을 느끼고, 의혹은 확신으로 바뀌었다.

역시 이 녀석의 심장은 움직이고 있었다.

어떻게 된 영문인지는 알 수 없으나, 이 녀석에게는 심장이라는 명확한 약점이 존재한다는 뜻이었다.

심장이 뛰고 있다는 사실을 알았으니, 선대 용사와 똑같은 방법으로 이 녀석의 몸속에 들어가 심장을 파괴하면 쓰러뜨릴 수 있었다.

"그럼 당장……!"

나는 일어나려고 버둥거리는 사룡의 손발을 피해 입가로 이동했다.

내키지는 않지만 이대로 입을 통해 몸속으로 돌격하여 심장에 직접 공격을 가할 수밖에 없다.

이름하여 난쟁이 작전이다!

"……윽?!"

그러나 사룡의 입안에 뛰어들려고 한 순간, 갑자기 발에 힘이 들어가지 않게 되어서 몸의 균형이 무너졌다.

"완전히 낫지 않았던 건가……!"

여태껏 치유마법과 체력을 과하게 쓴 탓인지 치유마법의 효력도 내 판단력도 둔해져 있었다.

자세가 무너진 나를 본 사룡은 그 표정을 분노로 일그러뜨렸다.

"네놈! 녀석과 똑같이 나를!"

"칫……."

녀석에게 작전을 들키고 말았다.

자신이 한 번 당했던 전술이다. 내가 뭘 하려고 하는지 단박에 이해했을 것이다.

사고가 단순한 주제에 영리하면 그만큼 귀찮다.

몸속에 들어가지 못하게 막으려는 것인지 사룡이 농도 높은 독을 입에서 방출하기 시작하여 나는 혀를 찼다.

사룡의 몸에 돌입하기를 포기한 나는 근처에 꽂아 뒀던 할버드를 회수하고 사룡과 거리를 벌려 아마코가 있는 곳까지 물러났다.

"괘, 괜찮아?! 우사토!"

아마코가 달려왔다.

무릎을 꿇고 치유마법을 재차 몸에 걸면서 그녀에게 대답했다.

"솔직히 그다지 괜찮지 않아……."

지금까지 입은 상처와 독이 생각보다 더 몸에 영향을 주고 있었다.

아직 여유는 있지만 회복 속도가 확실하게 떨어져 있었다. 그 증거로 완전히 고쳤다고 생각했던 다리가 이상을 일으켰다.

이래서야 한층 더 농도 높은 독이 충만한 체내에는 들어갈 수 없다. 아마도 그 전에 마력이 바닥나서 내가 죽어 버리겠지.

"……네아는?"

"사룡에게 당해서 저택 쪽에…… 그 녀석은 사룡을 막을 수 없었나 봐."

"그런가……."

그녀에게도 무리였나.

아무튼 아마코와 블루링에게 재빨리 사룡의 약점을 이야기해 두기로 할까.

녀석이 나를 경계하여 다가오지 않는 이 틈에 다음 책략을 생각해야 했다.

대략적으로나마 사룡의 약점이 심장이라고 전하자 아마코는 얼굴을 찡그렸다.

"심장이 약점인 건 알겠어. 하지만 어떻게 공격하려고……?"

"그게 문제야. 녀석을 봐…… 내가 심장을 노린다는 걸 알고서 신중해졌어. 반대로 말하자면 그만큼 중요한 부분이라는 거겠지만, 유일한 방법이었던 입안으로 돌입하기도 녀석의 경계 때문에 접근조차 불가능해."

문제가 생기지만 않았다면 아까 끝장을 냈을 텐데.

이럴 때 자신의 허술함이 싫어진다.

……후회해 봤자 소용없겠지. 어떻게든 저 녀석의 심장을 공격할 수단을 생각해야 한다.

"이판사판 죽음을 각오하고 입속으로 돌격할까……."

"나도 알 수 있을 만큼 지친 상태면서 살아날 수 있을지 불분명한 방법은 쓰지 말아 줘……."

"하지만 독을 넘어갈 수 있는 건…… 아니다, 미안. 내가 잘못했어."

이쪽을 슬프게 바라보는 아마코의 얼굴을 보고 생각을 고쳤다.

자신을 희생하는 방법은 택해선 안 된다.

구명단에서 로즈에게도 맹세했고, 아마코를 위해서도 나는 살아서 여행을 계속해야만 했다.

애초에 입안에 가득한 독에 죽을 확률이 더 높으니 어차피 시도

할 방법은 아니었다.

뭔가 다른 방법을 모색하자.

상대도 슬슬 움직일 것 같고, 평소처럼 싸우면서 활로를—.

"우사토, 님……."

"……!"

순간 불시에 등 뒤에서 목소리가 들려왔다.

돌아보니 아르크 씨가 블루링을 잡고서 일어나 있었다.

네아의 세뇌에서 풀린 그 눈에는 확실한 빛이 있었다.

"깨어나셨군요! 아르크 씨!"

"예……. 상황은 알고 있습니다. 조종당하고 있을 때도 어렴풋하게나마 의식이 있었기에……. 그리고 조금 전에 하신 말씀을 듣고 사태가 얼마나 심각한지도 파악했습니다."

그렇게 말한 아르크 씨는 비틀거리며 일어섰다.

"우사토 님, 제게…… 생각이 있습니다."

"생각이요?"

"네, 성공하면 사룡을 쓰러뜨릴 수 있을지도 모릅니다. 그러기 위해서는…… 저희가 힘을 합쳐야 하지만……."

힘을 합친다…….

아르크 씨의 말을 듣고 나는 주위를 보았다.

내 주위에는 블루링과 아마코와 아르크 씨가 있었다. 아직 여행을 시작한 지 얼마 되지 않았지만 내게는 소중한 동료들이었다.

그렇기에 이 궁지를 모두의 힘으로 벗어날 수 있다면—.

"하죠, 아르크 씨. 저희의 힘으로 저 사룡을 해치우는 거예요."

있는 힘을 다하여 임하자.

내 말에 고개를 끄덕이는 아르크 씨와 아마코.

그리고 분기하듯 힘차게 우는 블루링.

힘을 합쳐서—.

그 말을 머릿속에서 몇 번이고 반추한 나는 묘한 든든함을 느끼며, 이쪽을 노려보는 사룡을 향해 대담하게 웃었다.

제3화 결착! 결사의 일격!

“간다, 블루링!”

“크앙!”

나와 블루링은 함께 사룡에게 덤벼들었다.

사룡은 그런 우리를 의심스럽게 보면서도 적대자인 우리를 없애기 위해 머리를 높이 쳐들며 으르렁거렸다.

사룡의 공격 범위에 들어가기 직전에 블루링과 각각 사룡의 측면으로 이동한 나는 아마코와 함께 있는 아르크 씨를 보고 작게 중얼거렸다.

“부탁할게요, 아르크 씨…….”

『사룡의 주의를 끈다.』

아르크 씨가 맨 처음 제안한 것은 양동 작전이었다.

나와 블루링이 사룡을 교란하여 시간을 번다.

혼자서 사룡을 유인하는 것은 상당히 어렵지만, 블루링과 함께 한다면 불가능한 이야기는 아니었다.

“무리해서 공격하지 않아도 돼, 블루링!”

“크앙!”

블루링이 알고 있다는 듯이 울음소리로 대답했다.

마침내 마음껏 날뛸 수 있게 되어서 기쁜지, 사룡이 가하는 공격을 희희낙락 피하는 모습은 어딘가 생기가 넘쳤다.

"이쪽이다!"

나도 이따금 주먹으로 때리며 일정하게 사룡의 의식을 이쪽으로 돌렸다.

중요한 것은 내가 큰 대미지를 입어서는 안 된다는 것. 어디까지나 지금의 목적은 양동이었다.

"깔짝깔짝 성가시다!"

"읏, 동작이 커질수록 빈틈이 생기지! 블루링!"

내리찍히는 오른팔을 구르듯 피한 나는 블루링에게 외쳤다.

그러자 빈틈이 생긴 오른쪽에서 블루링이 사룡의 옆구리에 맹렬한 몸통박치기를 날려 그 거구를 크게 흔들었다.

"크오오오……!"

"이번에는 이쪽이다!"

내게서 시선이 떨어지자, 이번에는 내가 사룡의 다리에 주먹을 때려 박아 균형을 무너뜨렸다.

가벼운 땅울림과 함께 넘어진 사룡을 보고 나는 의기양양한 표정을 지었다.

"나이스, 블루링!"

역시 혼자보다 두 사람…… 아니지, 이 경우에는 한 사람과 한 마리이려나?

이 녀석과 함께 싸우는 것은 두 번째지만, 함께 지낸 시간은 그런대로 길었다.

그래서 나는 블루링을 알고 있고, 블루링도 나를 알고 있었다.

이보다 더 든든한 동료는 없을 것이다.

나나 블루링, 둘 중 하나가 사룡의 시야에 들어가도록 움직이며 한쪽이 주의를 끌면 다른 한쪽이 공격해 나갔다.

녀석도 눈이 하나밖에 없는지라 사각지대에서 가하는 공격에는 반응할 수 없었다.

"이것도 일종의 콤비네이션이려나!"

혼자서는 접근조차 쉽지 않았는데, 동료가 있으니 이렇게나 간단히 사룡을 농락할 수 있었다. 뭐, 독 안개를 물고 있는 사룡의 입에 들어갈 수 없으니 결정타는 없는 것이나 마찬가지지만.

"그 정도로 나를 쓰러뜨릴 수 있을 것 같은가! 아무리 네놈이 용사여도 녀석에게는 미치지 못한다! 증오스러운 그 용사보다 약해!"

그야 용사와 비교하면 나는 당연히 약하겠지.

하지만 지금 모습을 보면 그건 발악으로만 들렸다.

"사룡이란 녀석이 말은 되게 많네! 몇백 년을 잠들어 있다 보면 말수도 많아지는 건가?"

"……!"

분노와 함께 토해진 슬러지를 피하고 도발했다.

도발이라면 내가 한 수 위였다.

온갖 욕설의 어휘력이 구명단에 들어온 뒤로 비정상적으로 향상

됐으니 말이지.

그리고 이 녀석은 도발에 내성이 없어서 다루기 쉬웠다.

"내게는 어떠한 공격도 통하지 않는다! 용사조차 내 몸을 꿰뚫지 못했다! 용사보다 훨씬 뒤떨어지는 너희 쓰레기들은 무슨 수를 써도 내게 상처 하나 입히지 못할 것이다!"

"……하! 마음대로 떠들어라, 굼벵아. 귀찮게 아우성이나 치고 말이야, 그렇게 우리가 저항하는 게 무서워? 응?"

"네놈 같은 쓰레기를 내가 무서워할 것 같은가!"

사룡을 보고 있으면 그 녀석이 떠올랐다. 링글의 숲에서 싸웠던 그 뱀—.

결국 그 녀석을 끝장낸 것은 로즈였다. 그녀가 오지 않았다면 나랑 블루링은 분명 거기서 죽었으리라.

그 체험이 있었기에 나는 죽음을 실감했고, 블루링이라는 파트너를 찾을 수 있었다. 하지만 지금 생각해 보면 나는 분했던 것 같다.

로즈가 도와주지 않았다면 죽었을 자신이 한심했다.

그러나 지금 이렇게 블루링과 함께 싸워 보니, 사룡과의 승부가 그 뱀과의 승부와 한없이 비슷한 상황이라는 느낌이 들었다.

그때의 우리와 달라진 것이 있다면 믿음직한 동료가 두 명 더 있다는 점이었다.

그리고 아까 너는 용사조차 꿰뚫지 못했다고 했지?

"확실히 생전의 너는 강했겠지. 죽은 지 한참 된 지금도 충분히 강하니까. 분명 내가 상상할 수 없을 만큼 강대한 힘을 가지고 있었을 거야. 하지만!"

나는 눈앞으로 미끄러져 들어온 블루링의 등을 발판 삼아 높이 도약해 사룡의 목에 돌려차기를 날렸다.

사룡의 입에서 독이 분수처럼 토해졌다. 괴로운 나머지 커다란 손으로 지면을 짚은 사룡은 눈앞에 착지한 나를 경악한 얼굴로 보았다.

"윽, 크, 아……."

"진짜 용사를 아는 내가 보기에, 지금의 너 따위는 그저 도마뱀에 불과해."

내가 아는 그녀는 분명 폭발적인 번개로 사룡을 태워 버릴 것이다.

내가 아는 그라면 신성해 보이기까지 하는 빛의 마력탄을 교묘하게 조종하여 사룡을 공략할 것이다.

그런 용사 두 사람을 알고 있기에, 고작 나를 상대로 고전 중인 이 사룡이 점점 우스운 존재로 보였다.

"크, 극, 네 이노오오오옴!"

이성을 잃었는지 사룡은 목을 공격받고 독을 질질 흘리며 나를 향해 돌진했다.

지금 내게 농도가 지극히 높은 독이 가득한 입속으로 들어갈 만한 내구력은 없었다.

물리기라도 한다면 턱의 힘과 독 때문에 10초도 버티지 못하고 죽어 버릴 것이다.

"나만 보고 있어도 괜찮겠어?"

"크오오오오!"

눈에 핏발이 선 채 이쪽만을 보던 녀석의 얼굴이 내 코앞까지 다가온 그때, 녀석의 따귀에 크게 앞발을 휘두른 블루링의 일격이 직격했다.

그 충격으로 얼굴이 옆으로 돌아간 녀석은 나를 그냥 지나쳐 크게 넘어졌다.

"네 상대는 나뿐만이 아니야. 블루링을 평범한 마물이라고 얕보지 마. 내 파트너는 상대가 누구든 덤비는 겁 없는 녀석이야."

단, 로즈를 제외하고 말이지!

하지만 이렇게 공격해도 사룡에게는 거의 효과가 없을 것이다.

애초에 내구력이 매우 높기도 할 테고, 무엇보다 지금 녀석은 좀비였다.

선대 용사도 상처 입히지 못했던 괴물이 좀비가 되어 더욱 불사성(不死性)이 커지고 말았다.

"하지만 좀비가 되었기에 생기는 약점이 있지."

나는 사룡에게 들리지 않도록 작게 중얼거렸다.

"우사토!"

다시 주먹을 쥐고 양동 작전으로 돌아가려고 했을 때, 아르크 씨와 함께 있던 아마코가 소리 높여 내 이름을 불렀다.

"다 됐구나! 블루링, 녀석의 주의를 끌어!"

"크아앙!"

블루링에게 사룡을 부탁하고 곧장 뒤에 있는 아마코와 아르크 씨 곁으로 물러났다.

그녀가 나를 불렀다는 것은 아르크 씨의 준비가 끝났다는 뜻이었다.

단숨에 두 사람 곁에 도착한 나는 이마에 송골송골 땀이 맺힌 아르크 씨가 내민 할버드를 들었다.

"우사토 님, 뒷일은 맡기겠습니다!"

"네!"

아르크 씨의 마력을 두른 무기, 할버드의 도끼날은 빨갛게 달궈져서 내 주위를 밝게 비추었다.

그에게 건네받은 할버드를 꽉 움켜쥐고 사룡을 노려보았다.

"이 녀석으로 끝내겠어."

아르크 씨가 말한 사룡을 끝장내기 위한 작전.

그건 우악스럽다고도 할 수 있는 무모한 방법이었다.

『불을 이용한 공격으로 사룡의 비늘을 베어 가른다.』

확실히 좀비로 변한 사룡에게 불은 유효하리라.

하지만 지금까지의 감각을 보면 어중간한 불로는 녀석의 피부를 태우기조차 어려웠다.

게다가 내가 전력으로 가한 공격조차 통하지 않았던 녀석의 몸을 베는 것이 얼마나 어려운 일인지 아르크 씨가 모를 리 없었다.

유일하게 불을 다룰 줄 아는 아르크 씨도 내 치유마법으로 상처가 회복되기는 했으나 사라진 마력까지는 회복할 수 없었다.

지금 그의 상태로 사룡과 싸우는 것은 도저히 무리였다.

『그러니 제가 아니라 우사토 님이 하는 겁니다.』

내가 들고 있는 할버드에 아르크 씨가 가진 모든 마력을 담아 불꽃 날붙이를 만들어 낸다.

그것을 든 내가 사룡의 흉부로 다가가 힘과 불꽃으로 가슴을 가르고 심장을 터뜨린다.

강철로 된 날이 시뻘겋게 달궈질 만한 열량과 내 힘이 합쳐진다면 사룡의 견고한 피부도 벨 수 있을지 모른다. 그런 억측이 섞인 작전이었지만, 사룡을 쓰러뜨릴 가능성이 조금이라도 있다면 시도할 가치는 충분했다.

"제가 손을 떼면 점점 열기를 잃을 겁니다. 제 마력도 거의 바닥났기에 만약 평범한 날붙이로 돌아와 버린다면 더는 방도가 없습니다. 그러니—."

"기회는 한 번뿐이라는 거군요."

"네."

아르크 씨의 마력에 휩싸인 할버드를 보던 시선을 사룡에게 옮겼다.

녀석이 이쪽을 눈치채고 있는지는 알 수 없지만, 양동 역할을 수행 중인 블루링에게 의식이 가 있는 것은 확실했다.

사룡의 심장을 노리려면 녀석의 정면에서 전력을 다한 일격을 때려 박아야만 한다.

위력이 부족하면 비늘은 꿰뚫리지 않을 테고, 할버드는 열기를 잃어 평범한 강철 날붙이로 돌아온다.

주저하면 이 작전은 헛되이 끝난다.

"중요한 순간이구나."

실패는 허락되지 않는다.

다시금 기합을 넣고서 할버드를 강하게 움켜쥐었다.

"갈게요!"

"네!"

아르크 씨가 할버드에서 손을 놓음과 동시에 나는 땅을 박차고 사룡에게 달려 나갔다.

형형한 빛과 열기를 내뿜는 할버드의 도끼날을 곁눈질로 확인하며 사룡의 흉부를 노리고서 일직선으로 나아갔다.

"이대로, 이 녀석으로…… 윽?!"

그 순간, 블루링 쪽에 정신이 팔려 있던 사룡이 외눈을 번뜩이며 이쪽을 보았다.

들켰다! 그런 말이 머릿속을 스친 순간, 녀석은 아무런 예비 동작도 없이 대량의 독 안개를 지면에 토해 몸을 숨겼다.

"읏, 말도 안 돼?!"

눈앞에서 퍼지는 독에 발을 멈추고 이를 갈았다.

이 정도 독 안개라면 치유마법을 두르고 들어갈 수 있지만, 문제는 사룡이 안개 속에 숨었다는 점이었다.

안개 속에 들어간 나를 기다리는 것은 어디서 올지 모르는 사룡의 무자비한 공격이리라.

"그랬던 건가!"

녀석은 우리가 뭘 하려고 하는지 눈치채고 있었다.

그래서 할버드에 마력을 담는 아르크 씨를 막지 않고 얌전히 블루링과 나를 상대했다.

녀석도 우리에 대한 대책을 강구한 상태였다.

평범한 방법으로는 내게 공격을 맞출 수 없음을 알기에, 확실하게 나를 죽이기 위한 계책을 세웠다.

"갈 수밖에 없어……!"

하지만 기회는 한 번뿐이었다.

여기서 발을 멈추면 그야말로 승기가 사라진다.

도박하는 각오로 독 안개 속으로 뛰어들려던 순간, 내 뒤에서 자그마한 무언가가 달려들었다.

"아마코?!"

뒤에서 다가와 내 등에 달려든 아마코가 내 목과 허리를 단단히 잡고 매달렸다.

대체 뭐하는 건가 싶어서 곤혹스러워하며 입을 떼려고 했을 때, 나보다도 먼저 그녀가 외쳤다.

"내가 우사토의 눈이 되겠어……! 이대로 가 줘!"

"……읏, 좋아! 꽉 잡아!"

그녀의 의도를 헤아린 나는 나 자신과 등에 있는 그녀를 감싸듯 치유마법을 둘렀다.

이로써 나도, 아마코도 일시적으로 독 안개 속에서도 움직일 수 있을 것이다.

다시 한 번 결의하고서 독 안개 속으로 뛰어들었다.

전방도, 발밑조차도 제대로 보이지 않는 시야 속을 똑바로 돌진했다.

사룡의 공격 따위 두려워하지 않아도 된다. 지금 내 등에는 최강의 눈을 가진 소녀가 있다.

"숙여!"

몸을 숙이자 거대한 무언가가 머리 위를 지나갔다.

"뒤로 뛰고 왼쪽으로 크게 돌아가!"

백스텝과 동시에 왼쪽으로 크게 우회하여 안개 속을 돌파했다.

아마코의 말을 한마디도 놓치지 않으며 사룡의 공격에 대응해 나갔다.

"……역시 내가 생각한 대로 최강의 콤비네이션이야."

이럴 때 할 생각은 아니지만 조금 감동했다.

"안개에서 나갈 거야! 그 녀석의 정면이야!"

"좋았어!"

할버드를 양손으로 움켜쥐고 크게 뒤로 들어 올렸다.

그리고 독 안개가 걷히고 있는 전방을 향해 더욱 힘 있게 지면을 밟아 가속했다.

독 안개를 넘어 달빛이 비치는 공간으로 나오니 이쪽을 노리고 크게 꼬리를 휘두르는 사룡의 모습이 보였다.

무심코 발이 멈출 뻔했지만, 목에 두른 팔에 힘을 준 아마코가 걱정하지 않아도 된다는 듯이 조용한 목소리로 속삭였다.

"괜찮아, 그 애가 있으니까."

"크아아아앙!"

그녀의 말과 동시에 바로 옆에서 튀어나온 블루링이 나를 향해 휘둘린 꼬리를 몸 전체로 막았다.

"블루링……!"

그 모습이 뱀에 맞서 처음으로 같이 싸웠던 그 날의 블루링의 모습과 겹쳐졌다.

스쳐 지나가는 순간 눈이 마주친 블루링을 향해 무심코 고개를 끄덕이고 말았다.

"아아, 그렇지, 블루링."

나와 아마코만의 콤비네이션이 아니었다. 아르크 씨도, 너도 있다.

나는 혼자서 싸우고 있는 것이 아니었다.

동료들의 도움을 받아 여기까지 왔다!

그러니 **모두**의 힘으로 사룡을 쓰러뜨리겠어!

"우오오오오오오오오오오!"

"윽?!"

나는 크게 외치며 사룡을 향해 일직선으로 달렸다.

안개를 돌파할 줄은 몰랐는지 사룡은 퍼뜩 놀란 얼굴로 거대한 팔을 휘두르려고 했다. 하지만 유감스럽게도 내가 더 빨랐다.

3미터 앞까지 다가간 나는 오른쪽으로 크게 돌린 할버드를 있는

힘껏 휘둘렀다.

"으랴아!"

사룡의 비늘과 격돌한 순간, 달궈진 도끼날이 녀석의 표피를 태웠다.

벨 수 있겠어! 그런 확신과 함께 할버드를 밀어붙이며 그대로 기세를 몰아 끝까지 휘둘렀다.

그 순간, 손 근처에서 무언가가 쨍그랑 부서지는 소리가 들렸다.

할버드의 도끼날이 부러져 뒤쪽으로 날아간 소리였다.

"……."

하지만 날아간 도끼날에는 눈길도 주지 않고 사룡의 비늘을 주시했다.

불과 몇 초에 불과한 짧은 시간이었겠지만 무척 길게 느껴졌다.

틀렸나…… 포기하려던 그때, 사룡의 비늘에 불꽃이 튀었다.

"컥, 말도…… 안 돼."

순간, 사룡의 흉부에 한일자로 균열이 새겨졌다.

우리가 합친 힘이 사룡의 비늘을 베어 가른 것이다.

"됐다!"

사룡은 고통스러워했다.

흉부의 상처에서 흘러나오는 새하얀 재— 그 안쪽에 이상한 빛을 내는 물체가 있었다.

"읏, 이건?!"

재가 뿜어져 나오는 상처 안쪽에서 새빨간 심장이 고동을 새기고 있었다.

그러나 그 심장은 사룡의 몸 어디에도 이어져 있지 않았고, 그런데도 불구하고 확실하게 뛰고 있었다.

"심, 장……인가?"

몸과 이어져 있지 않은데 살아 있는 것처럼 움직이는 물체를 심장이라고 불러도 될까?

그 밖에 내장에 해당하는 부분은 보이지 않았다. 이것만이 부자연스럽게 살아 있었다.

게다가 이것에는 또 하나 이상한 부분이 있었다.

따로 분리되었으면서도 계속해서 움직이고 있는 심장에 박힌 칼 한 자루—.

은색 도신, 금색 칼코등이, 새까만 칼자루.

원래 일본에서 살았던 내게 어떤 의미에서 익숙한 칼인 일본도가 사룡의 심장에 박혀 있었다.

"왜 칼 같은 게……."

이것이 사룡의 심장을 움직이고 있었던 건가?

그렇다면 이것을 찌른—.

"크, 크오오오—!"

"우사토! 뭐 해?!"

"……읏, 큭!"

생각하고 있을 여유는 없었다.

아마코의 목소리에 정신을 차린 나는 사룡의 상처에 팔을 찔러 넣고 심장에 박혀 있는 일본도를 잡았다.

모조가 아닌 진짜 칼의 감촉에 숨을 삼키면서도 나는 있는 힘껏 그것을 뽑았다.

놀라우리만큼 싱겁게 심장에서 칼이 빠지자 미친 듯이 울부짖던 사룡은 뚝 움직임을 멈췄다.

"커, 억! 거짓말이다. 나는 아직 아무것도 파괴하지 않았다, 죽이지 않았다……. 네 이놈, 또다시 나는, 용사에게 패배한 것인가……."

움직임을 멈춘 사룡의 몸이 점차 재로 변했다.

마치 녀석을 이 세상에 묶어 두고 있던 쐐기가 사라져, 본래 마물로서 마땅히 그래야 할 모습으로 돌아가듯 소멸했다.

"나는, 녀석에게, 이, 용, 당한, 채……."

이윽고 사룡의 몸 전체가 재로 변하여 사라졌다.

남은 것은 산처럼 쌓인 재뿐이었다.

그 잿더미를 본 나는 안도한 나머지 그 자리에 주저앉았다.

"해, 해치운…… 건가?"

"해냈어, 우사토!"

등에서 내려온 아마코가 기뻐하며 양손을 주먹 쥐고 그렇게 외쳤다.

주위를 둘러보니 블루링과 아르크 씨도 무사했다.

"해냈나……."

손에 있는 칼을 보고 내 안에서 샘솟은 감정은 사룡을 쓰러뜨렸다는 기쁨이 아니라 선대 용사에 대한 의혹이었다.

"선대 용사는 대체 어떤 생각으로 이걸 꽂은 거지……?"

사룡의 심장에서 뽑은, 길이 40센티미터 정도의 칼.

이런 칼을 와키자시(脇差)[#1]라고 하는 걸까.

그건 어찌 되든 좋지만, 신경 쓰이는 것은 이것을 뽑음과 동시에 해방된 것처럼 사룡이 재가 되어 사라졌다는 점이었다.

"영문을 모르겠어……."

수첩을 읽은 바로는, 선대 용사는 사룡의 심장에 칼을 찔러 쓰러뜨렸다고 했다.

하지만 조금 전 사룡의 상황과 꽂힌 채로 있었던 칼을 생각하면, 용사가 그저 사룡을 **쓰러뜨렸다**고는 생각할 수 없었다.

"아무튼 상대가 사룡이라고는 해도 죽여 버렸다는 것은 변함없지……."

어쩔 수 없었다고는 하지만 사룡의 목숨을 빼앗았다는 사실에 말로 표현할 수 없는 불쾌함이 북받쳤다.

"아니, 틀려."

"응?"

무의식적으로 중얼거린 내 말을 아마코가 강하게 부정했다.

"그건 뭐랄까, 죽인 게 아니라는 생각이 들어. 그러니까 그건 우사토가 죽인 게 아니라 해방했다……고 말하는 편이 옳을 것 같아."

"……하하하, 고마워."

죽인 것이 아니라 해방했다, 인가…….

#1 와키자시(脇差) 허리에 차는 호신용의 작은 칼.

아마코의 말이 기뻤던 나는 그녀의 머리를 툭툭 쓰다듬었다.

아마코는 조금 쑥스러운 듯 대각선 아래로 시선을 내리고서 살포시 웃었다.

그러나 그 풀어진 표정은 곧장 엄격하게 바뀌었다.

"……우사토."

"그래, 알고 있어."

괜찮아, 잊어버리지 않았어.

사룡을 쓰러뜨렸다고 끝난 것이 아니다. 이번 사건의 원인이 한 명 더 남아 있었다.

"아마코, 날 그녀에게 안내해 줘."

결판을 내야 한다.

지금, 아마코가 봤던 미래의 광경이 코앞까지 다가와 있었다.

막연한 예감을 품으며 반파된 저택을 올려다본 나는 지친 몸을 채찍질하여 오늘의 마지막 일을 처리하기 위해 일어났다.

제4화 두려워하던 미래!

아버지는, 살아 있는 인간은 우리의 『먹이』라고 했다.

어머니는, 죽은 인간은 우리의 『장난감』이라고 했다.

위대한 흡혈귀 아버지와 네크로맨서 어머니 사이에서 태어난 나.

양쪽 종족의 장점만을 물려받은 나를 보고 아버지와 어머니는 대단히 기뻐했다.

아버지와 어머니는 흡혈귀 본연의 모습, 네크로맨서 본연의 모습, 마물의 본능, 인간과는 절대적인 적대 관계에 있다는 것 등 여러 가지를 가르쳐 주셨다.

부모님은 무척 자상했다. 지금은 옛 기억이 된 3인 가족의 생활은 아주 행복했다.

하지만 인간이 부모님을 죽였을 때부터 나의 행복한 일상은 끝나 버렸다.

내가 열 살이 되었을 무렵이었다.

인간에게 살해당한 두 분은 마소(魔素)가 되어 땅으로 돌아가 없어졌다.

지금 생각해 보면 당연한 일이었다.

아버지도 어머니도 너무 과했다.

먹이 사슬의 영역을 이탈하여 인간의 목숨을 놀이 삼아 과도하게 빼앗았다.

어린 내게 남은 것은 어머니가 보유하고 있던 장서와 아버지가 지배하고 있던 작은 마을 하나, 그리고 우리가 살던 커다란 저택뿐…….

뭘 하면 좋을지 알 수 없었다.

복수? 부모님을 죽인 인간은 공멸하는 형태로 이미 숨을 거둔 상태였고, 그런 짓을 할 의미를 찾아낼 수 없어서 나는 며칠이고 울기만 했다.

혼자 남은 저택은 너무 넓었다. 혼자 누운 침대는 더할 나위 없이 외로웠다.

밤의 마물인 흡혈귀의 피를 이어받았을 터인 나는 혼자뿐인 어둠을 두려워했다.

그래서 어쩔 수 없었다.

외로웠다.

굶주림과 비슷한 외로움이 충동적으로 내게 엄습했으니까.

고독을 견디지 못한 나는 아버지가 지배했던 마을 사람들의 기억을 조작하여『인간』으로서 마을에 숨어들었다.

인간들 사이에서 살며 맨 처음 한 생각은「인간은 왜 이렇게 연약한 생물일까」라는 것이었다. 어린아이는 살짝만 다쳐도 울었고, 다 큰 어른도 마물에게 습격 받으면 간단히 중상을 입어 버렸다.

하지만 신기하게도 인간과 생활하면 외롭지 않았다.

맨 처음에는 어떤 가족의 막내딸로서…….

두 번째는 혼자 사는 소녀로서…….

세 번째는 부모님을 잃은 소녀의 언니로서…….

네 번째는 마을을 지켜보는 올빼미로서…….

다섯 번째는 또 다른 가족의 딸로서…….

여섯 번째는 딸과 남편을 잃은 여성의 딸로서…….

기억을 조작하여 인간 흉내를 내며 약 300년이라는 긴 시간을 보냈다.

그사이에 마술을 세 개나 습득할 수 있었고, 장서도 거의 다 읽어 버렸다.

하지만 나는 저택과 마을을 오갈 뿐인 좁은 세계에 질려 버렸다.

통행인을 붙잡아 이런저런 이야기를 듣는 것에도 한계를 느끼고 말았다.

자극이 없었다. 누구나 평범한 인생을 살아서 내 가슴을 뛰게 할 만한 즐거운 이야기를 해 주는 사람은 거의 없었다.

그러니 이번 사냥감은 놓치지 않아.

다른 세계에서 온 치유마법사와 보기 드문 예지마법을 가진 때를 읽는 공주.

무슨 수를 써서라도 반드시 붙잡겠어.

그렇게 생각했는데—.

***

"콜록, 아아~ 나도 아버지와 어머니처럼 끝나는 거구나."

지금은 이런 꼴이었다.

온몸이 엉망으로 다쳐서 움직이지 않았고, 남아도는 마력도 몸이 버티지 못해서야 의미가 없었다.

간신히 몸을 일으킬 수는 있었지만 움직이는 것은 오른팔뿐……. 그만큼 사룡의 힘은 무시무시해서 고작 잠깐 손에 잡혀 있었다고 이렇게나 크게 다치고 말았다.

우사토는 그런 괴물에게 호된 공격을 받고 용케 살았다.

움켜쥐어지고 내던져진 것만으로도 이런 꼴인데, 그런 나보다도 더한 공격을 받은 그가 지금도 격전을 펼치고 있었다. 역시 그는 평범한 인간과는 다르다고 통감했다.

"우사토는, 사룡을 쓰러뜨렸구나……."

조금 전, 밖에서 느껴지던 섬뜩한 기척이 사라졌다.

사룡이 쓰러졌다는 사실에 안도하며 금이 간 벽에 몸을 기댔다.

자신이 준비한 비장의 패가 쓰러졌는데 이런 생각을 하는 것은 이상하지만, 그렇게 생각하지 않을 수 없었다.

사룡을 되살린 어리석은 자는 나였고, 그 사룡 때문에 지금 상황에 몰린 것 또한 나니까.

아마도 그들은 이곳에 오겠지.

나라는 『마물』을 토벌하기 위해—.

"후, 후후……."

자조적인 웃음이 흘러나왔다.

결국 나는 인간을 가지고 놀다가 살해당한 부모님과 똑같았다.

살아 있는 마을 사람과 죽은 마을 사람을 조종하여, 마을을 찾아오는 자를 붙잡고 구속했다가, 질리면 기억을 지워서 쫓아냈다. 그렇게 원한을 살 만한 일은 하지 않았다고 생각했지만, 내가 하던 일은 부모님과 전혀 다를 바가 없었다.

"이제 나는 필요 없을지도……."

이만 사라지고 싶었다.

사룡을 되살리기까지의 전개에 오산은 없었다. 오산이 있었다면 내가 생각했던 것보다도 더 사룡이 파괴와 죽음을 좋아하는 괴물이었다는 것뿐…….

영혼이 없는 시체라고, 몇백 년이나 방치된 박제라고 얕보고 있었다.

변명 같은 이야기지만, 영혼을 가진 시체 따위 지금껏 본 적도, 들은 적도 없었다.

영혼은 살아 있는 육체에 깃드는 것이다. 말하자면 생명이라는 요소로 육체라는 그릇이 움직이고, 그 그릇에 담긴 것이 영혼이었다.

어느 하나가 빠지면 기능하지 않는다.

"누군가가 조작해서…… 사룡의 영혼을 이 세상에 구속해 뒀어……."

그렇게 생각하는 것이 자연스러우리라.

영혼을 이 세상에 구속하다니 보통은 무리지만, 그것이 가능했던 인물은 존재했다.

이 대륙에 전해 내려오는 용사 전설.

그 강대한 힘으로 마왕조차 봉인시킨 괴물.

수첩에 기록된 그의 행동이 과장이 아니라 진실이라면, 영혼의 구속도 그에게는 손쉬운 일이었을지도 모른다.

하지만 그것을 확인할 방도는 남아 있지 않았다.

"어차피 이제 와서 나랑은 상관없는 일이지……."

몇백 년도 전에 죽은 인간에 관해 새삼 생각해도 의미는 없었다.

결과만을 보자면 나의 경솔한 행동 때문에 내 마을이 멸망할 뻔했다…… 그뿐이었다.

"나는, 필요 없어."

그렇게 말로 꺼낸 순간, 이 저택에 홀로 남았을 때의 옛 기억이 떠올랐다.

의지할 부모가 살해당하고 고독이 무서워서 울던 나…….

내가, 네아라는 소녀가 사라진 마을은 어떻게 될까?

문득 그런 생각을 하고 말았지만 곧장 우스워져서 자조적인 웃음이 나왔다.

슬프고 괴롭지만 웃지 않을 수 없었다.

"바보 같아."

원래부터 없었던 존재가 사라져 봤자 무엇이 달라지겠는가.

이제 자신은 필요 없다고 아까 스스로 중얼거리지 않았나. 더는 그 마을을 이용할 일도 없을 테고, 일부러 좀비를 만연시킬 필요도 없다.

어차피 나는 여기서 처리될 테니까.

"……!"

그때, 계단을 올라오는 발소리가 들렸다.

아래층에서 울리는 그 발소리에 마른침을 삼켰으나, 만족스럽게 움직일 수 없는 이 몸으로는 도망치기도 쉽지 않았다.

나는 간신히 움직이는 한쪽 팔로 거칠게 눈가를 닦고서, 자신의 운명을 받아들이는 것처럼 천천히 눈을 감을 수밖에 없었다.

***

사룡을 쓰러뜨린 우사토와 우리는 반파된 저택의 어두운 계단을 올라갔다.

예지하며 걷는 내 뒤에는 아르크 씨와 우사토, 그리고 블루링이 따라오고 있었다.

"아르크 씨, 괜찮으세요……?"

우사토가 아르크 씨에게 말을 걸었다.

"네. 마력이야 거의 다 썼지만 몸을 움직이는 데는 전혀 지장이 없습니다. 우사토 님이야말로 계속 싸우지 않으셨습니까? 몸은……."

"저는…… 아직 괜찮아요. 마력도 아직 조금 남아 있고요."

아직 괜찮다는 말에 나는 얼굴을 살짝 찡그리고 말았다.

우사토는 조종당했던 아르크 씨에 이어 사룡이라는 강적을 상대했다.

게다가 사룡은 독이라는 성가신 공격을 했으니 내가 생각하는 것 이상으로 정신적으로도 육체적으로도 힘을 소모했을 터였다.

지금 움직일 수 있는 것 자체가 비정상적이지만, 우사토는 그래도 네아를 만나려 하고 있었다.

"크앙~."

블루링이 걱정스럽다는 듯 우사토를 올려다보았다.

우사토는 그런 블루링의 머리를 다정하게 쓰다듬었다.

"나는 괜찮아, 블루링. 이 문제는 내가 마무리를 지어야 해. 이 성가신 일의 발단인 그녀와 만나서 말이야."

저택에 들어오기 전에 우사토가 우리에게 응급 처치로 치유마법을 베풀었는데, 그때 사룡에게 붙잡혔을 때 네아가 했던 말을 이야기해 두었다.

말없이 내 이야기를 듣던 우사토가 지금 무슨 생각을 하고 있는지 나는 알 수 없었다.

실제로 네아와 만나면 알 수 있겠지만, 그것이 너무나도 불안했다.

그리고—.

"……틀림없어."

예지로 보았던 광경이 다가오고 있었다.

흠집이 잔뜩 난 벽, 부서진 샹들리에, 깨진 유리창.

그리고 우사토에게 가려진 위치에서 벽에 등을 기대고 있던 인영.

우사토도 알고 있을 것이다.

그는 얼빠진 구석이 있지만 바보는 아니었다.

내가 그에게 이야기했던 예지의 상황으로 미래가 다가오고 있음을 눈치챘으리라.

그것을 알면서도 그는 네아에게 가고 있었다.

"이 앞인가."

계단 안쪽을 응시하며 우사토가 그렇게 중얼거렸다.

나도 다시금 마음을 다잡고 계단을 올라가 네아가 있는 곳, 3층의 넓은 홀 앞에 도착했다.

우사토가 문을 걷어차고 방에 발을 들이자 그곳에는—.

"……왔구나."

금이 간 벽에 몸을 기대고서 네아가 엉망이 된 모습으로 엷게 웃고 있었다.

"……호되게 당한 모양이야."

"그 말 그대로 돌려줄게."

어이없어하며 한숨을 쉰 우사토는 네아 앞으로 이동했다.

그가 너무나도 부주의하게 그녀에게 다가가서 무심코 제지하려고 했지만, 빈정거리듯 웃는 네아의 모습을 보고 나도 모르게 숨을 삼켰다.

사룡에게 당한 그녀는 중상이라고 해도 좋을 상태였다.

원래 내구력이 뛰어난 마물이 아니기도 했지만, 어떻게 봐도 그녀는 만족스럽게 움직일 수 없는 상태였다.

"하아, 너 때문에 진짜 별일을 다 당했어."

한편 우사토도 상당한 모습이었다.

그가 입고 있는 단복에는 검댕이 잔뜩 묻어 있었고, 상처야 치유 마법으로 완치되었겠지만 그 안색은 결코 좋지 않았다.

"……그런 것치고는 별로 화난 것처럼 안 보이는데?"

하하하, 하고 장난스럽게 웃던 우사토의 목소리가 순식간에 험악하게 변했다.

"뭐? 당연히 화났지, 그럼 안 났겠냐?"

우리에게 그의 얼굴은 보이지 않았으나, 눈앞에 있는 네아는 흠칫 놀란 표정을 짓더니 눈물을 흘리며 움직이지 않을 터인 몸을 덜덜 떨기 시작했다.

"너 때문에 하마터면 중요한 여행을 망칠 뻔했고, 너는 아르크 씨를 조종해서 돌이킬 수 없는 짓을 시키려고 했어. 하지만 무엇보다 용서할 수 없는 건……."

거기서 일단 말을 끊고 팔짱을 낀 우사토는 덜덜 떠는 그녀에게 단언했다.

"사룡을 되살려서 많은 사람들의 목숨을 위험에 노출시킨 거야."

만약 우사토가 사룡을 쓰러뜨리지 못했다면 어떻게 됐을까.

제일 먼저 그에게 같이 도망치자고 제안했던 나지만, 그랬다면 많은 사람들이 사룡에게 살해당했을지도 모른다.

그런 사룡을 안이하게 되살려 버린 네아를, 우사토는 용서할 수 없는 거겠지.

"……."

"너도 그렇게 될 줄은 몰랐겠지. 하지만 그런 말로 끝낼 수 없는 사태가 일어날 뻔했어."

여전히 입을 다물고 있는 네아를 보고 우사토는 다시 한 번 한숨을 쉬었다.

"아마코한테 들었어. 어째서 사룡이 마을을 해치지 못하게 감싼 거야? 그 마을에 사는 사람들은 그저 꼭두각시 인형 아니었어?"

"……맞아."

"그럼 왜 이용하지 않았지? 마을 사람들의 목숨으로 협박했다면 간단히 날 붙잡을 수 있었을 텐데. 아르크 씨에게 나에 관해 듣지 않았어? 조종당하고 있을 뿐인 마을 사람들을 인질로 삼으면, 사람을 살리는 구명단이라는 조직에 속한 나는 아무것도 못 했을 거야."

확실히 그랬다.

사룡을 조종했다는 것만 머릿속에 남아 있었지만, 네아가 마을 사람들을 인질로 삼으면 아무리 우사토라도 따를 수밖에 없었을 것이다.

"그들은 필요 없어. 그렇게 내가 판단했을 뿐이야. 결과적으로 잘못된 판단이었지만……."

"흐응~."

우사토 의심스럽다는 듯 맞장구를 쳤다.

그에 아랑곳없이 네아는 자조적으로 웃으며 말을 자아냈다.

"내가 생각했던 결말은 이런 게 아니야……. 그 녀석을 제대로 조종했다면 전부 잘 풀렸을 텐데……."

"하하하, 그렇진 않았을걸. 어차피 명령한 대로만 움직이는 좀비 따위에게 당할 우리가 아니니까. 네가 명령을 내리기 전에 내가 널 막았을 거야."

"……넌 진짜 괴물이구나."

"이야기를 돌리지 마. 난 사룡에 관해 묻고 싶은 게 아니야."

"……읏, 아까부터 뭐야?! 나한테 무슨 말을 시키고 싶은 건데?!"

네아가 이성을 잃은 것처럼 언성을 높였다.

우사토는 그런 그녀의 험악한 모습에도 전혀 동요하지 않고 잘라 말했다.

"후회하고 있지? 이런 상황이 돼서."

"그건……! 맞아. 하지만 나는 원하는 걸 얻기 위해 힘을 다했을 뿐이야. 그 행위를 후회할지언정 반성 따위—."

"틀렸어. 내가 말한 후회는 그런 게 아니야. 너는 사룡을 되살린 걸 후회하고 있지만, 그건 나를 붙잡지 못했기 때문이 아니야."

우사토는 확신하듯, 숨을 삼키는 그녀를 노려보았다.

"네가 후회하고 있는 건 마을 사람들을 위험에 노출시켰다는 거야."

"……왜 내가 그 녀석들을 걱정해야 해?"

"단순한 도구라면 필사적으로 사룡을 설득할 리가 없잖아. 나도 싸워서 아는데, 그 녀석 무진장 무서웠어. 그런 녀석 앞에서 마을을 걱정하다니, 상당히 소중한 거지?"

"소중, 하다고……? 틀렸어. 그곳은……."

우사토의 말에 네아가 확연하게 동요를 내비쳤다.

그 모습을 보고 탄식한 우사토는 「내키지는 않지만」 하고 작게 중얼거렸다.

무엇이 내키지 않는다는 걸까? 뒤에서 궁금해하고 있으니 가볍게 숨을 들이쉰 그가 동요하는 네아를 향해 입을 열었다.

"너라면 바로 알았을 거야. 사룡이 너의 마술에서 해방되면 제일 먼저 무엇을 노릴지를. 사람들이 모여 있는 그 마을이 짓밟히고, 중독되고, 썩고, 원형도 남지 않을 만큼 유린당하고 말 것을."

"……!"

네아의 눈동자가 흔들렸다.

그러든 말든 우사토는 다음 말을 자아냈다.

"녀석이 내뿜는 독을 마시면 몸이 안쪽에서부터 파괴돼. 목이 문드러지고, 폐가 썩고, 최후에는 숨도 쉴 수 없게 되어 고통스러워하며 죽어. 녀석이 휘두르는 팔과 꼬리는 땅에 커다란 균열을 만들 만큼 강해서 그 일격을 받으면 다 큰 성인이라도 몸이 터져 버리겠지."

"그만해……."

"가장 성가신 건 교활하면서도 잔인한 녀석의 성격이야. 녀석에게 눈앞에 있는 생물은 모조리 파괴와 살육의 대상이라 노인, 여성, 어린아이를 불문하고—."

"그만하라고 하잖아!"

그가 말한 광경을 상상했는지 비통한 표정이 된 네아가 어린아이처럼 신음하며 우사토의 말을 막았다.

"미안."

그도 기분이 좋지는 않았던 모양이라 후회하듯 거칠게 머리를 털며 네아에게 사죄했다.

이것으로 네아가 의식해서 마을 사람들을 지키려고 했다는 것을 나도 알게 되었다.

그렇더라도 그녀가 우리에게 했던 짓을 없었던 일로 만들 수는 없지만, 눈앞에서 두려워하는 그녀를 보니 어쩐지 가여운 아이 같다는 생각이 들었다.

하지만—.

"너는 바보구나."

그 한마디에 나는 머리를 얻어맞은 듯한 착각에 빠졌다.

『너는 바보구나.』

내가 사흘 전에 본 예지와 지금 우사토가 한 말이 겹쳐졌기 때문이다.

순간적으로 주위를 둘러보니 근처에서 검을 지팡이 삼아 선 아르크 씨와 잔해가 잔뜩 굴러다니는 홀, 구멍이 뻥 뚫린 천장으로 보름달이 보였다.

"후회하고 있다면 왜 좀 더 일찍 깨닫지 못한 거야? 네가 원했던 건 이미 그 손에 있었어. 하지만 넌 그걸 손에서 놓으려고 했지. 너의 뜻과는 관계없이 말이야."

내가 초조해하든 말든 우사토가 또 예지한 대로 말을 자아냈다.

우사토의 이름을 불러 막으려고 했지만, 앞에 있는 그는 이쪽을 돌아보지 않고 손을 들어 기다리라는 뜻을 나타냈다.

우사토는 지금부터 예지에서 일어났던 일이 현실이 될 것을 알고 있었다.

하지만 왜 일부러 직접 위험에 뛰어드는 짓을…….

혼란에 빠져서 움직이지 못하고 있으니 우사토가 네아의 눈앞까지 다가갔다.

"딱히 널 죽일 생각은 없어."

"……뭐?"

"그 의외라는 얼굴은 뭐야?"

날 뭘로 보냐는 것처럼 어깨를 으쓱인 그는 네아와 시선을 맞추려는지 나른하게 웅크려 앉았다.

"네크로맨서를 쓰러뜨려달라는 부탁도, 우리를 붙잡기 위해 네가 꾸민 거니까. 하지만 이렇게 사람을 납치하는 짓은 두 번 다시 하지 마. 그걸 맹세한다면 마을 처녀 『네아』로 살아가면 돼."

때때로 확인하러 올 거라며 장난스럽게 그가 말하자 네아는 눈을 동그랗게 떴다.

혹시 우사토가 찔린다는 미래가 바뀌었나?

미래가 바뀐다—.

선택지가 없는 예지일 테지만 무슨 일이든 예외는 있다. 어쩌면 이번 일이 그 예외일지도 모른다.

"후, 후후후…… 마을 처녀로서의 나…… 말이지."

고개를 숙인 그녀는 뭔가를 중얼거렸다.

그러나 안도한 것도 잠시, 네아의 입이 초승달처럼 휘었다.

그녀의 일그러진 얼굴을 보고 나는 순간적으로 그의 이름을 불렀다.

"우사토!"

네아의 오른손에 날붙이처럼 뾰족한 것이 보였고, 그것이 휘둘렀다.

그와 동시에 우사토의 오른손이 눈에 보이지도 않는 속도로 움직였다.

미래가 바뀐다는 말도 안 되는 억측을 품은 순간에 일어난 일이라 패닉에 빠진 내 눈에 보인 것은 그의 발밑에 뚝 떨어지는 핏방울이었다.

아르크 씨와 블루링과 함께 두 사람이 보이는 위치까지 허둥지둥 다가갔다.

하지만 내가 예상했던 광경과는 다른 모습이 펼쳐져 있었다.

"너…… 지금 무슨 짓을 하려던 거야……?"

"후후…… 무슨 짓을 하려던 거냐고?"

우사토의 손은 확실하게 네아의 손을 붙잡고 있었다.

날붙이로 보였던 것은 20센티미터 정도로 자란 네아의 손톱이었고, 그것은 우사토가 아니라 그녀 자신의 목을 겨누고 있었다.

방울져 떨어진 피는 그녀의 목을 살짝 찌른 손톱에서 우사토의 손을 타고 떨어진 것이었다.

"우사토 님, 이건 대체……."

"……이 녀석, 자기 목에 이걸 찌르려고 했어."

우사토는 짜증을 내며 네아의 목을 살짝 찌른 손톱을 보여 주었다.

상황을 보면 네아는 자살을 시도한 걸까.

“어째서 그런 짓을…….”

스스로 목숨을 버리려고 하다니 이해할 수 없지만, 나는 우사토가 찔리는 예지가 아니었다는 것에 안심했다.

“부모님처럼 살해당할 각오도 하고 있었는데, 얼마나 나를 바보 취급하려는 거야? 그리고 나보고 마을 처녀로 지내라고? 그곳을 위험에 빠뜨릴 뻔했던 나는 이제 돌아갈 수 없어. 나는, 이제 그곳으로 돌아가선 안 돼.”

“하아…….”

우사토는 귀찮다는 듯이 한숨을 쉬었다.

의외로 고집스러우면서도 자포자기 상태인 네아의 모습에 어이가 없어진 것 같았다.

네아는 자살 시도가 막혔음에도 불구하고 대담하게 웃고 있었다.

“하지만 네가 날 막아서 마침내 결심이 섰어.”

“……응? 무슨 결심?”

“피는 정보, 계약, 대가. 네가 손을 붙잡지 않았다면 나는 죽었을 거야. 하지만 너는 내 손을 잡아 버렸고, 너 자신의 피가 잔뜩 묻어 있는 그 손에 의해 또 다른 조건이 충족됐지.”

“뭐, 뭐라고?”

네아는 길게 뺐던 손톱을 거두고 우사토의 손을 마주 잡았다.

그런 상태에서 무엇이 가능할까 싶었던 나도 그녀가 뭘 하려는 것인지 알 수 없어서 고개를 갸웃했다.

"마(魔)와 사람, 엎드리는 자와 우러름을 받는 자, 서로의 피를 증거로써 옛 계약을 맺노라."

"잠깐 기다려, 그 불온한 주문은 뭐야?!"

그 순간, 네아에게 잡힌 우사토의 손에서 하얀 빛이 터져 나왔다.

낯익은 빛—.

매우 흔한 계약마법의 빛과 비슷했다.

"설마?!"

그녀가 발동하고자 하는『계약』을 보고 내 낯빛이 바뀌었다.

그 계약은 우사토에게 해를 끼치지는 않을 것이다.

하지만 그 이상으로 일이 귀찮아질지도 모른다.

"우사토! 떨어져, 그 녀석은…… 읏?!"

우사토 곁으로 달려가려고 했지만 갑자기 몸이 움직이지 않았다.

발밑을 보자 우사토를 구속했던 것과 똑같은 마술이 네아에게서 바닥의 융단을 통해 발동되어 있었다.

이 녀석, 어느새?! 엄청난 집념이야……!

나와 마찬가지로 달려가려고 했던 아르크 씨를 보니 그는 머리를 짚으며 무언가에 저항하고 있었다.

아르크 씨의 시선 끝에서는 미약하지만 수상쩍게 눈을 빛낸 네아가 그를 보고 있었다.

아르크 씨에게 뭔가를 하고 있음을 헤아린 우사토가 네아에게 호통쳤다.

"너! 또 아르크 씨를!"

"쿨럭, 조금 얌전하게 만들었을 뿐이야."

"……!"

"어머, 그래도 되겠어? 이대로 때리면 난 죽을걸? 블루링에게 공격받아도 죽을 거야."

"읏, 블루링, 네아를 공격하지 마!"

피를 토하며 그렇게 대답한 그녀는 고뇌하는 표정으로 주먹을 떠는 우사토를 보고서 즐겁게 웃었다.

네아가 붙잡은 손에서 나온 하얀 빛이 점차 우사토와 네아의 손에 마법진과 닮은 문양을 새겨 나갔다.

그것을 본 네아가 의기양양하게 외쳤다.

"날 살린 걸 후회해라! 평생 따라다닐 거니까!"

"뭐, 뭐?! 그 무지막지하게 불온한 대사는 뭐야?! 이거 놔!"

"싫어! 절대로 안 놔!"

"아파! 손톱 세우지 마!"

크게 입을 벌리고 웃는 네아의 손을 우사토가 뿌리치려고 했지만, 그렇게는 안 된다는 듯이 네아가 깊이 손톱을 박았다.

그 순간, 맞잡은 손에서 나오는 빛이 한층 밝아지더니, 어두운 밤을 비추듯 홀 전체를 가득 채웠다.

제5화 새로운 동료! 사역마는 올빼미?!

긴 밤은 끝을 맞이했다.

나도 체력의 한계가 가까웠기에 그 뒤로는 기절하듯 쓰러져 버렸고, 깨어났을 때는 테트라 씨네 집의 침대 위였다.

내가 자는 동안 저택은 불을 붙여 태워 버린 모양이라, 남은 것은 검게 그을린 저택의 뼈대와 재가 된 대량의 장서, 사룡의 유해인 대량의 잿더미뿐이었다고 한다.

그 후, 하루 동안 피로를 풀고 마력을 회복한 나는 일행들과 마을을 떠나기 위해 촌장님에게 인사하러 갔다.

"그건 그렇고, 마을 사람들이 모두 나와서 배웅해 주지 않아도 되는데요……."

"그렇게 배은망덕한 짓을 어떻게 할 수 있겠나. 네크로맨서가 없어진 덕분에 마을 주위를 어슬렁거리던 좀비들도 사라졌어. 이로써 우리는 평화로운 삶을 보낼 수 있겠지. 이것도 자네들 덕분이야."

배웅하러 나와 준 촌장님의 뒤쪽을 보니, 짐을 싣고 있는 아르크 씨에게 마을 사람들이 커다란 자루를 건네고 있었다.

"이렇게 식량을 받아도 괜찮은 건가요……?"

"하하하, 오히려 부족할 정도네."

역시 이 이상 받는 것은 죄송스러웠다.

양손 가득 채소를 안고서 다가오는 마을 사람들의 후의를 완곡하게 거절하고 있는데, 자상한 미소를 머금은 한 여성이 이쪽으로 다가왔다.

"아, 테트라 씨."

"몸은 이제 괜찮은 모양이구나."

"네, 덕분에요."

살갑게 손을 들고 있는 노인 옆에 마을 처녀의 모습은 없었다.

그 사실에 살짝 얼굴을 찌푸린 나는 줄곧 신경 쓰였던 것을 그녀에게 물어보기로 했다.

"저기, 실례되는 질문일지도 모르지만……. 테트라 씨는 혼자서 그 큰 집에 살고 계신 건가요?"

지금은 없는 네아에 관한 질문이었다.

그녀와의 싸움이 끝난 지금, 이 마을에 어떤 영향을 주었는지 그것만이 마음에 걸렸다.

"하하하, 그게 무슨 실례라고. 나는 20년 전부터 여기서 혼자 살고 있어. 남편도 딸도 마물에게 당했거든……. 그 뒤로 줄곧 저 집에는 나 혼자야."

줄곧 혼자인가. 정말로 잊어버렸구나…….

하지만 그녀의 말을 듣고 마침내 찜찜했던 부분이 밝혀졌다.

……꼭두각시 인형은 무슨, 말은 밉살스럽게 했으면서 굉장히 아꼈잖아.

정말이지, 마지막까지 그녀는 솔직하지 못했다는 건가.

궁금했던 것도 알았으니 그대로 테트라 씨에게 인사하려고 했지만, 그녀가 왠지 슬픈 표정을 짓고 있어서 고개를 갸웃했다.

"하지만 참 이상한 일도 다 있지. 줄곧 혼자 생활했을 텐데, 어제 갑자기 집이 넓게 느껴지더라고. 마침내 나도 노망이 들었나 싶더라니까."

"……아뇨, 테트라 씨는 아직 정정하세요."

그녀의 말에 뭐라고 표현할 수 없는 감정을 느끼면서도, 이번에야말로 뒤돌아 떠날 준비를 했다.

"아아, 진짜. 이런 건 안 되겠어."

역시 사람의 기억은 그리 간단하게 지워지지 않는다.

그 증거를 눈앞에서 보고 가슴에서 북받치는 기분을 억눌렀다.

그러자 나와 그녀의 대화를 들었는지 아마코가 단복 자락을 잡아당겼다.

걱정해 주고 있는 걸까? 이 아이는 예리하니 무리도 아닌가.

"……걱정하지 않아도 돼. 감정에 잠겨서 울 만큼 울보는 아니야."

"아니, 우사토가 우나 걱정된 게 아니라 언제 출발할 건지 물어보려고."

"내 감상(感傷)을 돌려주지 않을래? 응?"

날 걱정한 게 아니었나.

가슴에 북받쳤던 뜨거운 감정이 차갑게 식었다.

"이건 그 녀석이 택한 거니까 난 아무 말도 안 할 거야. 과정을 보면 그 녀석의 자업자득이고."

"매섭구나……. 뭐, 그건 그렇지만."

"그리고……."

어째선지 아마코가 계슴츠레한 눈으로 나를 봤다.

그 반항적인 눈은 뭐야.

그런 시선을 받을 이유는 없어…… 아마도.

"우사토도 우사토야. 적에게 좀 과하게 무른 거 아니야?"

"무르다기보다도 애초에 나는 남을 돕는 측 인간이니까. 철저히 비정해지라고 요구해도 곤란해."

"하지만 그렇다고 해서 그 결과는 좀 아닌 것 같아."

그건 나도 동의하지만, 그렇다고 해도 아마코는 유난히 마음에 들지 않는 것처럼 보였다.

뭐, 지금은 일단 준비를 끝내야겠지.

수중의 짐을 확인하고 블루링의 등에도 마을 사람들에게 받은 식량을 실었다.

이 정도 양이라면 사마리알까지 여유롭게 버틸 수 있을 것이다.

"아르크 씨~, 이쪽은 준비 다 됐어요~."

"이쪽도 끝났습니다!"

말에 단단히 짐을 고정한 아르크 씨를 확인한 나는 마을 사람들 쪽을 돌아보았다.

"그럼 여러분, 짧은 기간이었지만 감사했습니다. 건강하세요."

"그래, 또 오렴. 그때는 지금보다 더 확실하게 대접할 테니까. 그때까지 우리는 너희의 여행이 무사히 끝나기를 기도할게."

또…… 응, 언젠가 또 이곳을 방문하자.

나쁘지 않은 기분을 느끼며 마을 사람들에게 손을 흔들고 출발했다.

점점 멀어지는 마을 사람들 중에 『네아』라는 마을 처녀의 모습은 어디에도 없었다.

누구도 그 사실을 이상하게 여기지 않았고, 처음부터 그런 소녀는 어디에도 없었던 것처럼 행동했다.

분명 저 사람들은 사건의 전말을 조금도 알지 못한다.

자신들이 조종당했었다는 것도…….

네크로맨서의 정체도…….

좀비가 마을 주위를 배회하던 이유도…….

그리고 한 소녀가 홀연히 마을에서 사라졌다는 것도—.

***

"부엉~."

마을이 보이지 않게 되었을 무렵, 자그마한 검은색 올빼미가 내 어깨에 앉았다.

올빼미는 그 체구에 어울리지 않는 커다란 날개를 접더니 부엉~ 하고 한 번 울었다.

낮에 올빼미가 날아다니는 것에 전혀 의문을 품지 않은 채 계속 걸으면서 나는 중얼거렸다.

"이걸로 좋았던 거야?"

"……부엉~."

"저 사람들의 기억을 지우고…… 너는 정말 그걸로 됐어?"

"부엉~."

"……어이."

"부겍?!"

나는 어깨에 날아든 올빼미를 움켜잡아 거꾸로 들었다.

눈에 띄게 당황한 올빼미를 지그시 쳐다보자 올빼미는 노골적으로 시선을 피했다.

이 녀석…….

그대로 위아래로 붕붕 흔드니 핑글핑글 눈이 돌아간 올빼미가 갑자기 소녀 같은 목소리로 외쳤다.

"그, 그만해! 거꾸로 들고서 흔들지 마!"

"말할 수 있으면서 괜히 연기하지 마. 내가 새한테 말 거는 이상한 사람처럼 보이잖아."

"그, 그치만 지금 나는 올빼미인걸! 평범한 올빼미는 말 안 해! 부엉~!"

"시끄러워! 어색하게 울음소리 흉내 내지 마!"

내 손에 잡혀 몸부림치고 있는 올빼미— 그 정체는 마을에서 사라진 소녀이자 네크로맨서로서 토벌되었을 터인 마물, 네아였다.

날개를 퍼덕거리는 그녀를 보고 어이가 없어서 한숨을 쉰 나는 앞으로 휙 던지듯 손을 놨다.

자유로워진 올빼미는 크게 날갯짓하여 블루링의 등에 앉더니 펑 하는 소리와 빛과 함께 흑발 적안의 소녀 모습으로 바뀌었다.

그녀의 복장은 저택에 있었을 때의 드레스와는 다른, 다소 현대적인 디자인의 움직이기 편한 복장으로 변해 있었다.

척 보기에도 만반의 준비를 한 그녀의 복장에 한숨이 나왔다.

"하아, 정말로 따라오는 건가……."

"물론이지. 계약은 이미 이루어졌는걸."

안 그래? 하고 네아는 귀엽게 고개를 갸웃하며 오른쪽 손바닥을 보였다.

그 손바닥 중심에는 마법진 같이 생긴 문양이 문신처럼 새겨져 있었다.

그리고 내 오른손에도 그녀와 똑같은 문양이 있었다. 지금은 아무것도 그려져 있지 않지만, 내가 마력을 주입하면 오른쪽 손바닥에 보라색 각인이 떠올랐다.

"왜 이렇게 된 거지……."

"평생 따라다니겠다고 했잖아?"

"그렇다고 자기가 살던 집까지 태울 필요는 없었잖아."

그날 밤, 그녀가 나와 맺은 계약.

그건 저주도 아니고 마술도 아닌, 단순한 사역마 계약이었다.

그러나 그녀가 사용한 사역마 계약은 현대에는 쓰이지 않고 수백 년 전에나 쓰였던, 대폭으로 개변되기 전의 계약이라서, 피라는 대가만 있다면 강제로 계약 관계를 맺을 수 있는 매우 악질적인 것이었다.

이 계약의 더욱 성가신 점은 개변되어 간략화된 현대의 사역마 계약보다도 주종의 구속이 강하여 그리 간단하게 해제할 수 없다는 것이었다.

네아는 마술을 다룰 줄 아는 똑똑한 마물이다.

사역마 계약을 맺을 줄 알더라도 이상하지는 않았다.

하지만 설마 스스로 사역마가 된다는 폭거를 저지를 줄은 몰랐다. 심지어 내가 기절한 사이에 마을 사람들의 기억을 지우고, 자신이 살던 저택을 태우며, 완전히 우리를 따라올 준비를 진행해 둔 것에는 깜짝 놀랐다.

"후후, 이제 살 필요가 없는 집을 남겨 둘 의미는 없잖아? 중요한 건 다 챙겨들고 왔고."

그렇게 말한 네아는 블루링의 등에 실어 둔 가방을 열었다. 그곳에는 검은색 책등을 내보인 서적이 몇 권 들어 있었다.

"본 적 없는 가방이 있다 싶더니 네 짐이었구나."

"다른 책들과 달리 이것만큼은 간단히 태울 수 없으니까."

보아하니 마술책인 것 같았다. 귀중한 물건이라 소실시킬 수 없었던 모양이다.

"하아~ 뭐, 좋아. 그래서, 왜 올빼미 모습이었던 거야?"

"응? 사역마스럽잖아. 무엇보다 귀엽고."

"흡혈귀라면 박쥐 아니야?"

"싫어. 동물이 되어서까지 피를 빨고 싶지는 않아. 변신할 거면 귀여운 생물이 좋아."

박쥐에 그다지 좋은 인상을 가지고 있지 않은 건가?

뭐, 올빼미라면 생김새는 사랑스럽지만, 어차피 알맹이가 너여서야 여러 가지 의미에서 무용지물이다.

그리고 검은색 생물을 파트너로 삼는다는 점에서 로즈 및 쿠쿠루와 비슷하다는 것이 참 뭣했다.

곁눈질로 네아에게 시선을 보내자 그녀는 기분 좋게 콧노래를 부르며 블루링을 쓰다듬고 있었다.

같은 마물이기 때문인지, 아니면 본능적으로 그녀에게 음흉한 마음이 없다고 판단했기 때문인지, 블루링은 뚱한 표정을 지으면서도 얌전히 있었다.

"앞으로도 잘 부탁해, 주인님♪"

"흥!"

활짝 웃으며 그렇게 말한 네아의 정강이에 조금 전까지 부루퉁한 얼굴로 내 옆에서 걷고 있던 아마코가 킥을 날렸다.

꺄앙?! 하는 한심한 목소리와 함께 네아가 블루링의 등에서 굴러 떨어졌다.

"나, 난데없이 무슨 짓이야!"

"우쭐거리지 마, 박쥐."

"바, 박쥐라고?! 수인 따위가 마물인 나에게 박쥐라고?! 누가 더 위인지 확실히 해 둬야겠네!"

네아는 보복하려는 것처럼 아마코에게 달려들었으나, 그것을 예측한 아마코는 몸을 휙 돌려서 피하고 발을 걸었다.

좌아악—! 네아는 의도치 않게 다이나믹한 헤드 슬라이딩을 하게 됐다.

몇 초쯤 침묵한 후, 눈가를 훔치며 일어난 그녀는 오열하며 아마코와 맞붙었다.

왠지 고양이끼리 싸우는 걸 보고 있는 기분이야.

뭐, 내버려 둬도 괜찮겠지. 싸울 만큼 사이가 좋다는 말도 있고.

"이상한 녀석이 붙어 버렸네……."

"하하하, 시끌벅적해졌습니다."

"아르크 씨는 반대하는 쪽이죠? 조종당하며 부려졌으니까요."

"좋든 싫든 앞으로 함께 여행할 동료입니다. 저 한 사람의 감정으로 불화를 일으킬 수는 없지요. 그리고 그녀는 이미 벌을 받은 것이나 마찬가지니까요……."

"벌, 인가요."

사룡에게 당하기도 했고, 자기 손으로 마을 사람들의 기억을 지운다는 행위도 벌이 된다면 그녀는 충분한 벌을 받았을지도 모른다.

"그리고 그녀의 힘은 앞으로 여행에서 도움이 될 것 같으니까요."

아르크 씨의 말에 동의하며 고개를 끄덕였다.

구속 주술과 내성 주술. 공격에는 거의 적합하지 않은 마술을 다루는 그녀지만, 상대를 무력화하거나 공격으로부터 몸을 지킬 때 힘이 될 것 같았다.

"아니, 잠깐만. 구속 주술을 나한테 걸면 평범하게 지내면서도 단련할 수 있지 않을까……."

"저도 그 생각은 못 했습니다. 구속에 사용하는 주술을 단련에 이용하려고 하다니…… 평범한 사람은 절대 떠올리지도 못할 생각입니다. 역시 우사토 님입니다."

그거 칭찬인가요?

칭찬이겠지만…….

그의 말에 쓴웃음을 짓고 있으니 뒤에서 싸우던 네아가 올빼미 모습으로 변해 내 어깨에 날아들었다.

모래 먼지가 묻은 지저분한 모습으로 도망쳐 온 것을 보면 누가 이겼는지 물어볼 필요도 없었다.

"……아, 맞다."

그때, 문득 어떤 생각이 떠올라서 품에 넣어 뒀던 물건을 꺼냈다.

그것을 뒤에서 들여다본 아마코는 놀란 목소리로 말했다.

"그건, 사룡의 몸속에 있었던……."

"맞아, 내가 살던 세계에서는 일본도라고 부르는 칼이야."

마을 사람들이 마련해 준 가죽 칼집에 담긴 작은 칼.

들고 있기만 해도 이상한 힘이 느껴지는 칼을 본 네아는 그것이 사룡의 몸속에 있었다는 이야기를 듣고서 흥미롭다는 듯 눈을 동그랗게 떴다.

"수첩에 적혀 있던 칼이구나. 우사토, 그건 소중하게 가지고 있는 편이 좋을 거야."

"응? 어째서?"

"용사가 쓰던 무기잖아. 어쩌면 어딘가 쓸 데가 있을지도 몰라."

이걸 쓸 데가 있으려나…….

나는 칼을 사용하지 않으니 쓸 기회는 한없이 적지만. 그렇다고 아마코에게 맡기자니 칼의 무게가 그녀에게 짐이 될지도 모르고, 아르크 씨는 이미 검을 가지고 있었다.

……어쩔 수 없지. 적당히 허리에 차기로 할까. 채소나 과일을 자르는 데 쓸 수 있겠지.

한숨을 쉬면서 허리에 찬 벨트에 소도를 끼우다가, 어깨에 앉아 있는 네아에게 눈길이 갔다.

"왜?"

"음, 됐어. 아무것도 아니야."

생과 사를 조종하며 고독을 달래는 짓을 그만둔 그녀는 자신의 기반을 버리고 바깥 세계로 여행에 나섰다.

그 이유가 무엇인지는 상관없다.

그렇게 생각하자 『마을 처녀 네아』였던 그녀와 대화를 나누었던 이른 아침이 떠올랐다.

그녀는 지식만을 바라는 것이 아니라 마침내 발을 내디뎠다.

생과 사를 조종하는 소녀는 이제 그 저택에 없다.

마을을 지키던 아가씨도 없다.

지금 여기에 있는 것은—.

"촐랑거리는 사역마려나."

조금 귀찮고 시끄러운 점이 옥에 티이긴 하지만.

막간 웰시의 보고

루크비스에서 카즈키 님, 스즈네 님, 그리고 우사토 님이 여행을 떠나는 모습을 지켜본 나는 링글 왕국으로 돌아가게 되었다.

링글 왕국을 위해 일하는 마법사인 내가 왕국 밖으로 나오는 일은 드물었다.

그래서 우사토 님 일행과의 여행은 떠들썩했어도 무척 즐거웠는데, 돌아가는 길은 너무나도 조용해서 조금 쓸쓸했다.

기사들이 호위하는 마차에 몸을 싣고 며칠 후…….

링글 왕국으로 돌아온 나는 국왕 로이드 님께 마도도시 루크비스가 서신에 적힌 요청을 받아들였다는 취지를 보고했다.

"……그런가, 글래디스는 받아들여 주었나. 마왕군과 싸우려면 이웃 나라와의 연계는 필요 불가결하지. 이로써 루크비스를 통해 물자를 보급할 수 있게 되었군."

내 보고에 로이드 님과 세르지오 님은 안도한 표정을 지으셨다.

루크비스는 많은 아이들이 다니는 마도학원이지만, 연계를 받아들였다고 해서 아이들을 마왕군과의 싸움에 동원하는 것은 아니었다.

비전투원이 많은 루크비스에는 타국과의 중계 역할을 부탁하여 물자나 정보를 공급받을 예정이었다.

든든한 후방 지원이 있다면 만에 하나 마왕군과의 싸움이 길어지더라도 상황을 유리하게 끌고 갈 수 있기 때문이다.

"수고했다, 웰시. 여기 없는 카즈키 일행에게도 그저 감사할 뿐이구나."

"아닙니다, 저는 그저 뒤에서 도왔을 뿐입니다. 루크비스가 요청을 받아들인 건 카즈키 님 일행 덕분입니다."

"그런가……. 그들의 힘이 있었기 때문이구나."

로이드 님은 감개 깊게 고개를 끄덕이셨다.

분명 카즈키 님 일행의 성장이 기쁘신 거겠지.

"하지만 그들의 진짜 여행은 지금부터입니다. 루크비스에서 각각 다른 나라를 향해 떠나셨습니다."

"그렇지. 지금 이 순간에도 그들은 우리를 위해 움직여 주고 있어. 그들을 위해 지금 우리가 할 수 있는 건 다음 싸움에 대비하여 군비를 갖추는 것이지."

마왕군과의 다음 싸움…….

저번 싸움에서는 카즈키 님과 스즈네 님이 중상을 입는 사태가 벌어지고 말았다.

우사토 님이 두 분을 구해 주셨지만, 결국 싸움의 판국을 좌우한 것은 스즈네 님과 카즈키 님, 그리고 우사토 님의 힘이었다.

다른 세계에서 데리고 온 아이들에게 국가의 존망을 맡긴다.

그것에 책임을 느끼시는 로이드 님…… 아니, 로이드 님뿐만이 아니다. 카즈키 님과 스즈네 님의 싸움을 그 눈으로 본 자, 우사토 님 덕분에 살아난 자들이 지금 그들의 힘이 되기 위해 매일매일 수련에 힘쓰고 있었다.

"훗, 분위기가 조금 어두워져 버렸군. 웰시, 그 밖에 보고할 것이 더 있나? 루크비스에서 일어났던 일 중에 카즈키 일행과 관련된 일이라면 보고해다오."

"루크비스에서 일어났던 일…… 일어났던 일……."

"왜 그러지?"

루크비스에서 만난 치유마법사, 나크 군을 굴리는 우사토 님의 모습이 머릿속을 스쳐서 말을 우물거리고 말았다.

과연 이 이야기를 해도 될까?

로이드 님은 우사토 님을 걱정하고 계시니 되도록 보고하고 싶지만…….

"그, 그러고 보니! 스즈네 님이 여행 중에 블루링에게 들이받혀서 날아간 일이 있었죠!"

"지금 명백하게 화제를 돌렸어, 웰시……. 스즈네의 이야기도 궁금하지만, 뭘 숨기고 있는 거지?"

"수, 숨기는 것 따위 없습니다!"

"너는 당황하면 얼굴에 드러나서 알기 쉬워."

로이드 님의 말씀에 퍼뜩 놀라 얼굴에 손을 댔다.

……로이드 님께 뭔가를 숨기는 건 나한테 무리야.

"글래디스 학원장님의 대답을 기다리는 동안 한바탕 말썽이 있었는데……."

"말썽?"

루크비스에서 우사토 님이 하셨던 일을 로이드 님과 세르지오 님께 설명했다.

사건의 발단은 글래디스 학원장님과 내가 획책한 『카즈키 님 일행의 힘을 학생들에게 보여 주자』는 계획이었다.

그것은 재능주의에 사로잡힌 학생들의 의식을 바꾸기 위한 시도였다.

우사토 님과 하르파의 싸움으로 그 시도는 일단 성공했지만, 루크비스의 치유마법사인 나크 군이 보복이라는 형태로 피해를 받게 되었다.

하마터면 크게 다칠 뻔한 나크 군을 직전에 구한 우사토 님은, 그를 강하게 만들기 위한 훈련을 실시하게 되었다.

"흠, 우사토는 나크라는 소년을 강하게 만들기 위해 단련시켰다는 건가. 그래서 우사토는 어떤 방법으로 나크를 단련시켰지? 설마 로즈 같은 훈련을 하지는 않았겠지?"

로이드 님의 의문에 세르지오 님이 끼어드셨다.

"하하하, 로이드 님. 평범한 소년에게 로즈 공 같은 훈련을 시키면 엄청난 일이 벌어질 겁니다."

"흠, 확실히 그렇지."

하하하, 로이드 님과 세르지오 님은 유쾌하게 웃으셨다.

온화한 분위기가 감도는 가운데, 나는 어색해지려는 표정을 필사적으로 다잡았다.

어쩌지…… 어쩌지?!

우사토 님이 나크 군에게 실시한 훈련…….

그것은 빈말로도 멀쩡하다고는 할 수 없는 방식이었다.

우사토 님이라면 기본적인 훈련을 시킬 거라고, 소년에게 무리한 일은 시키지 않으리라고 생각했지만…….

그러나 루크비스로 가는 여행길에 때때로 우사토 님에게서 로즈 님의 모습이 보였을 때, 그 시점에 나도 눈치챘어야 했다.

"그 『엄청난 일』이…… 벌어지고 말았습니다……."

"""……."""

로이드 님과 세르지오 님의 움직임이 뚝 멈췄다.

한순간 진지한 얼굴이 되어 눈가를 짚은 로이드 님은 약간 목소리를 떨며 얼굴을 들고 물으셨다.

"내가 잘못 들은 건가? 우사토가…… 로즈 같은 훈련을 실시했다니……?"

"믿을 수 없게도 그렇습니다."

"그, 그렇더라도! 마음씨 착한 우사토가 로즈처럼 분노한 형상이 되지는 않았겠지?"

분노한 형상을 넘어 로즈 님이 떠오르는 **멋진 웃음**을 지었습니다.

시선을 피하는 내 반응을 보고 헤아렸는지 로이드 님의 얼굴이 파래졌다.

다정한 소년이었던 우사토 님이 로즈 님처럼 변모했으니 이렇게 반응하는 것도 무리는 아니었다.

실제로 그 모습을 목도한 나는 너무 큰 충격을 받은 나머지, 한동안 그 자리에서 움직일 수 없었을 정도였다.

"우사토 님은…… 로즈 님이 구명단원을 단련시킬 때처럼 무시무시하게 웃었고, 그 자신도 로즈 님을 흉내 내려고 했는지 행동까지 상당히 비슷해서, 조심스럽게 말하자면…… 아주 무서웠습니다."

"상상도 안 가는군……."

그 기분은 이해합니다.

블루링을 업고서 나크 군을 쫓거나, 일반적인 마력 조작 훈련의 단계를 몇 단계 건너뛴『달리면서 마력을 다듬는다』는 고행을 시키거나, 마력탄으로 생성한 치유마법을 힘으로 내던져서 나크 군에게 맞히는 등 터무니없는 방법으로 그를 강하게 만들려고 했다.

우사토 님이 다루는 마법은 기본부터 크게 탈선해 있었다.

"하지만 로즈 님과 닮는 것이 나쁘기만 한 것은 아닙니다. 우사토 님은 로즈 님의 뜻을 확실하게 이어받았습니다."

구명단의 이념.

그녀에게서 유래한 강인한 정신력.

마치 로즈 님이 또 한 명 있는 듯하다고 착각하게 만들었던 우사토 님의 모습은 확실한 성장의 증거라는 생각도 들었다.

내 말에 로이드 님은 안도하여 고개를 끄덕이셨다.

"그런가. 그도 이 세계에서 정신적으로도 큰 성장을 이루었다는 거군."

"네."

“대단히 기쁜 일이야. 로즈는 말도 행동도 거친 부분이 있지만, 그 마음은 누구보다도 상냥하며 자비롭지.”

온화한 표정을 지은 로이드 님은 옥좌에 등을 기대셨다.

“목숨의 숭고함을, 잃어버리는 슬픔을 알기에 그녀는 멈추지 않고 앞으로 나아갈 수 있어. 그렇게 그녀는 구명단을 창설했고, 마왕군과의 첫 전투에서도 수많은 기사를 구했지.”

“로즈 님이 계시지 않았다면…… 생각만 해도 몸서리가 쳐집니다.”

마왕군과의 첫 전투도 로즈 님이 없었다면 이길 수 없었다.

사망자도 많이 나왔을 것이 틀림없다.

“구명단, 처음에는 그런 조직이 필요한지 의문스러웠지만…… 지금 생각해 보면 로즈 님은 앞을 내다보고서 생명을 구하기 위한 조직을 만드신 거군요…….”

마왕군과의 싸움이 시작되기 전에 만들어진 조직, 구명단.

전장에서 다치는 자를 치유하고, 한 명이라도 많은 생명을 구하기 위한 조직인 구명단은 처음에는 그 존재 이유가 의문시되었다.

대대장이라고 불렸던 로즈 님이라면 전장에서 싸우는 편이 낫지 않은가?

그런 조직이 존재하지 않아도 치유마법사만 있으면 되는 것 아닌가?

나 자신도 그렇게 생각했었다.

그러나 구명단의 행동은 누구도 예상하지 못했을 만큼 엉뚱했다.

치유마법사인 로즈 님이 전장을 달리며 사람들을 구하고, 그녀의 수족인 단원들이 다친 사람들을 치유마법사 단원에게 데려가

치료시킨다.

정말이지 터무니없는 짓이지만, 마왕군과의 싸움에서 로즈 님은 그것을 실현시켰다.

"앞을 내다보고 있었다라……. 확실히 그렇기도 하겠지만, 그 녀석은 좀 더 단순한 이유로 구명단이라는 조직을 만들었을 거야."

"단순한 이유……?"

무심코 내가 되묻자 로이드 님은 한순간 슬픈 표정을 지으셨다.

그 모습에 나는 불안해졌으나, 로이드 님은 곧바로 밝은 표정으로 돌아오셨다.

"아니, 이건 어디까지나 내 추측에 불과해. 궁금하면 로즈 본인에게 물어보도록."

"어, 으음……. 기회가 있으면 물어보겠습니다……."

로즈 님에게 직접…… 아, 안 되겠어. 상상해 봤지만, 말을 건 단계에서부터 위축되어서 본론은 꺼낼 수도 없을 거야.

내가 미묘한 표정을 짓자 무슨 생각을 하셨는지 로이드 님은 이야기를 되돌리셨다.

"그러고 보니 우사토에게 단련받았다는 그 소년은 어떻게 됐지?"

"예? 아아, 그는……."

우사토 님에게 단련받은 나크 군은 자신을 괴롭혔던 미나라는 소녀와 싸워 승리를 거두었다.

두 사람 사이에 무슨 일이 있었는지 나는 모르지만, 그래도 우사토 님과 나크 군의 훈련은 큰 의미가 있었다.

생명을 소중하고 숭고하게 여기는 구명단의 이념.

그것은 로즈 님에게서 우사토 님에게, 그리고 우사토 님에게서 나크 군에게 계승되었다.

"나크 군은 조만간 링글 왕국에 올 겁니다. 구명단의 새로운 일원으로서 말이죠."

"으, 으음……. 그건 기쁜 일이지만, 괜찮을까?"

"……분명 괜찮을 겁니다."

"그 뒤늦은 대답이 신경 쓰인다만?!"

스즈네 님과 카즈키 님에게 듣자 하니, 나크 군을 그토록 혹독하게 훈련시킨 우사토 님은 「단장님의 훈련과 비교하면 별것 아니다」라고 겸손한 자세를 보였다고 한다.

무서운 것은 우사토 님이 진심으로 그렇게 말했다는 점이었다. 로즈 님의 훈련을 가장 가까이에서 받은 그가 그렇게 말한다면 거의 틀림없다. 틀림없기에, 구명단원이 될 나크 군이 걱정되었다.

"음, 아무리 로즈라도 소년을 상대로 우사토에게 했던 가혹한 훈련을 시키지는 않겠지."

"화, 확실히 그렇겠죠. 로즈 님도 사람……이니까요."

지금 스스로의 말에 의문을 품고 말았다.

"……."

"……."

나와 로이드 님 사이에 침묵이 내려앉았다.

상식적으로 생각하면 아직 어린 나크 군에게 그렇게까지 가혹한 훈련을 실시하지는 않을 것이다. 알고는 있지만, 상식에 부합하지 않는 것이 특징이라고 해도 좋은 구명단에서는 어떤 예상외의 일이 벌어져도 이상하지 않았다.

루크비스에서 보였던 우사토 님의 변모처럼…….

"……역시 걱정돼! 그가 링글 왕국에 오면 일단 모습을 보러 가는 편이 좋을지도 모르겠어!"

"그러는 편이 좋겠어요!"

로이드 님의 말에 세르지오 님과 나는 열심히 고개를 주억거렸다.

많은 생명을 구한 구명단에 오는 새로운 동료.

그것은 그들 덕분에 몇 번이나 목숨을 부지한 우리에게는 기쁜 일이지만, 그와 동시에 나크 군이 구명단에서 어떤 생활을 보내게 될지 두렵기도 했다.

외전 끝과 시작의 이야기

제1부 나크, 구명단에 가다

링글 왕국.

상업이 성행하여 굉장히 번화한 나라이자, 마왕군의 위협에 노출된 나라.

그리고 나의 스승님, 우사토 씨가 소속된 구명단이 있는 나라.

상인의 마차를 얻어 타고 링글 왕국에 온 나는 처음 방문하는 장소에 두근거리면서도 확실하게 걸음을 옮겨 링글 왕국의 문을 지났다.

"여기까지 태워 주셔서 감사합니다."

"천만에. 나도 오랜만에 다른 사람과 여행해서 즐거웠어."

루크비스에서 여기까지 데려다 준 상인에게 감사 인사를 한 후, 마음을 다잡고 링글 왕국의 거리에 발을 들였다.

"드디어 왔어……."

여기까지 오는 데 그리 많은 시간은 걸리지 않았다.

일단은 가족인 부모님에게 지금까지 키워 주셔서 고마웠다는 인사와 절연을 전하는 편지를 보내고, 글래디스 학원장님과 이야기하여 학원을 그만두고, 마지막으로 여동생이 보낸 편지를 미나를 통해 받았다.

단기간에 일어난 일이었지만 내게는 둘도 없는 추억이 되었다.

"오오……."

거리에 들어서니 활기 넘치는 광경이 펼쳐졌다.

어린아이의 비율이 높은 루크비스와는 달리 어른이 더 많았다.

고향과는 다른, 귀족이나 평민이라는 굴레가 없는 자유로운 곳. 링글 왕국의 분위기를 피부로 느낀 나는 고양되는 기분을 억누르고자 심호흡했다.

"스읍~, 아아, 긴장되기 시작했어."

그렇게 흥분을 억누른 후, 가방에 소중히 넣어 뒀던 편지를 꺼내 이곳을 찾아온 이유를 다시금 떠올렸다.

"……좋아."

우사토 씨에게 받은 소개장.

이것을 구명단 단장, 로즈 씨에게 건네는 것이 맨 처음으로 할 일이었다.

그러려면 우선 구명단이 어디 있는지를 알아야 했다.

일단 그 장소를 알기 위해 근처에서 과일을 팔고 있는 젊은 형에게 말을 걸었다.

"저기, 실례합니다."

"응? 무슨 일이니? 꼬마야. 보아하니 외부에서 온 것 같은데."

"이웃 나라인 루크비스에서 왔는데요, 길을 물어봐도 될까요?"

"하하하, 그렇게 예의 차리지 않아도 돼. 그래, 어디를 알고 싶은데?"

살짝 긴장하며 말을 걸자, 과일 장수 형에게서 살가운 반응이 돌아왔다.

형의 말을 쑥스럽게 여기며 목적지를 물어보았다.

"구명단은 어디 있나요?"

"구명단? 어디 아프기라도 한 거야?"

"아뇨, 그런 게 아니라……."

"그럼 누구 고치고 싶은 사람이라도 있어? 그렇다면 구명단보다는 진료소가 더 가까워."

아무래도 치유마법이 필요해서 찾아온 여행자라고 오해받은 듯했다.

이럴 때는 분명하게 말을 전하는 편이 좋겠지…….

별로 자신은 없지만 용기를 내서 말하자.

숨을 한번 들이쉬어 마음을 진정시킨 나는 형의 눈을 똑바로 보았다.

"아뇨, 그게! 저는 구명단에 들어가고 싶어서 그 장소가 궁금한 거예요. 그러니 진료소가 아니라 구명단의 위치를…… 엇, 왜 그러세요?"

생각보다 큰 목소리로 그렇게 말한 순간, 눈앞에서 생글생글 웃고 있던 형도, 주위에 있던 사람들도 움직임을 뚝 멈추었다.

"엇, ……어?"

주위의 이변에 곤혹스러워하고 있는데 형이 내 양쪽 어깨를 덥석

잡았다. 그에 맞춰 주위 사람들도 빠른 걸음으로 내게 다가왔다.

"꼬마야, 그만두는 편이 좋아."

"넌 아직 젊어. 무모하게 자신을 몰아붙이지 않아도 돼……."

"일할 곳을 찾는 거라면 우리 가게에서 고용할 테니까……! 그러니까 자포자기하지 마!"

"소년, 너는 용기 있는 아이야. 하지만 수라의 길을 나아갈 필요는 없어."

과일 가게 형, 말없이 앉아 있던 노인, 가게를 지키고 있던 여성, 지나가던 기사 등, 내 말을 들은 주위 사람들이 다가와 이상하리만큼 나를 말렸다.

"저기, 엇, 그게……."

다들 순수하게 친절한 마음을 담아 말해 주고 있다는 것은 안다.

하지만 우사토 씨?! 구명단은 대체 어떻게 인식되고 있는 건가요?! 이건 그거라고요! 사지로 향하는 전사를 말리는 기세라고요!

"꼬마가 구명단을 동경하는 건 이해해. 그들은 우리 링글 왕국 주민에게 영웅 같은 존재야. 하지만 그 사람들은 우리와 다른 세계를 살고 있어. ……마물을 업고서 거리를 달리거나, 기상천외한 소리를 지르며 전력 질주를 하거나, 끝내는 로즈 님…… 구명단 단장님의 주먹을 맞고 우사……가 아니라, 사람이 날아가는 광경을 본 아이도 있지."

몇 가지 익숙한 행동이 있는데요.

그보다 지금 우사토 씨의 이름을 꺼내려고 했죠?

아니나 다를까, 우사토 씨가 링글 왕국에서도 블루링을 업고서 달렸다는 사실에 전율하며 나는 고개를 끄덕였다.

"저기, 우사토 씨를 말씀하시는 건가요?"

"그런가, 알고 있구나. 우사토 님은 특히나 상식을 파괴하는 분이야. 어떻게 말로 표현할 수 없을 정도로 무시무시한 아이였어. 정말로, 터무니없었어……."

형은 아득한 무언가를 떠올리듯 시선을 허공에 뒀다.

대체 그 사람은 무슨 짓을 했던 걸까.

궁금하지만, 들으면 내 안에 간신히 남아 있는 상식이 간단하게 무너질 것 같으니 물어보지 말자.

"그건 그렇고, 대체 누가 소개해 준 거야? 너 같은 어린아이에게 장난삼아 구명단의 길을 추천하다니…… 너의 용기를 가지고 논 것도 그렇지만, 구명단을 놀림거리로 삼다니 용서할 수 없어!"

분개하는 형과 그에게 동의하며 고개를 끄덕이는 사람들을 보고 역시 구명단은 굉장한 곳이라고 생각했다.

이렇게나 사람들이 친근하게 여기고 신뢰하는 것은 대단한 일이었다.

하지만 이대로 오해받은 채로 있을 수는 없었다.

"저, 저기, 제게 구명단을 소개해 준 건 우사토 씨 본인이에요! 저는 치유마법사라서, 그래서……."

거기까지 말하다 말문이 막히고 말았다.

내가 치유마법사라는 것을 스스로 밝혔기 때문이다.

고향에서도 루크비스에서도, 치유마법사인 내게 돌아왔던 것은 모멸과 실망이 담긴 차가운 시선이었다.

만약 여기서도 그런 시선을 받는다면…….

그런 상상을 하며 눈앞에 있는 사람들의 반응을 두려워하고 있는데, 뜻밖의 대답이 돌아왔다.

"우사토 님의 소개?! 아~ 그랬구나, 미안. 이상한 착각을 했네."

"엇…… 아, 네."

깜짝 놀랐지만, 그 방향성이 루크비스와는 전혀 달랐다.

업신여기지도, 깔보지도 않고, 오히려 기쁨에 가까운 감정을 보내와서 곤혹스러웠다.

주위를 보니 내가 우사토 씨의 소개로 왔음을 알게 된 왕국 사람들은 조금 전까지 필사적이었던 표정을 풀고 부드럽게 미소 짓고 있었다.

링글 왕국에 관해 이야기해 주었던 우사토 씨의 말을 믿지 않았던 것은 아니지만, 불안한 마음은 있었다. 치유마법사가 활약하는 집단을 주위에서 어떻게 생각할지, 어떻게 취급할지…….

하지만 실제로 눈앞에 있는 사람들의 반응을 보니, 이 나라는 나 같은 치유마법사를 받아들여 주는 상냥한 곳이라는 생각이 들었다.

"우사토 님을 보고서 사람을 겉모습만으로 판단하면 안 된다는 걸 알게 됐는데……. 나도 아직 상식에 사로잡혀 있나 봐……."

"아뇨, 제 설명이 부족했던 거니까요……."

상식에 사로잡힌 채 있어도 괜찮지 않을까요.

이제 막 이곳에 온 나도 우사토 씨를 포함한 구명단이 얼마나 엉뚱한 곳인지 알 정도고.

"우사토 님의 소개로 왔다면 걱정할 필요 없겠구먼."

"우사토 님이 인정한 아이라면 괜찮겠네."

"그건 그렇고 평범한데? 아니지…… 언젠가는 그들처럼……."

놀라우리만큼 쉽게 오해가 풀렸다.

우사토 씨, 당신은 정말로 이 나라에서 얼마나 엄청난 짓을 저질렀던 건가요……. 뭔가 다른 방향의 신뢰를 쟁취한 것 같은데요.

"저기, 구명단에 가고 싶어?"

"……앗, 네. 맞아요."

주위의 반응에 당황스러워하는 내게 누군가가 말을 걸어왔다.

그쪽을 보니 흥미진진하게 눈을 빛내는 우사토 씨 또래의 여성이 어느새 내 옆에 와 있었다.

내가 순간적으로 대답하자 고개를 끄덕거린 그녀는 내 앞에 있는 과일 장수 형을 향해 몸을 돌렸다.

"실례합니다~. 제가 이 아이를 구명단에 데려다줄게요!"

"으응? 오오! 올가 씨의 동생이잖아! 네가 데려다준다면 안심이지. 꼬마야, 힘내라!"

이 사람의 반응을 보건대 옆에 있는 여성은 구명단과 어떤 관계가 있는 사람이려나?

"자, 가자!"

"아, 네."

하지만 이로써 구명단까지 갈 수 있게 됐다.
그렇게 생각하며 나는 사람들에게 손을 흔들고 그 자리를 뒤로 했다.

"안녕! 나는 우루루라고 해. 열여덟 살이야! 네 이름은?"
쾌활해 보이는 여성, 우루루 씨는 자기소개와 함께 내 이름을 물었다.
"어, 나, 나크입니다. 열두 살입니다!"
조금 강한 어조로 자기소개를 하자 활짝 웃은 우루루 씨는 걸어가면서 내 머리를 다정하게 쓰다듬기 시작했다.
너무나도 자연스럽게 쓰다듬어서 반응하지 못했다.
"흠흠, 나크 군이구나. 열두 살인가~ 장하네~."
"저, 저기……."
완전한 어린아이 취급에 쑥스러워하며 머리에 올려진 손을 치웠다.
"아, 미안. 최근에는 쿠쿠루도 쓰다듬지 못하게 해서 나도 모르게……."
"쿠쿠루?"
"아니야, 개인적인 얘기였어."
우루루 씨는 얼버무리듯 손을 내저었다.
"우사토 군의 소개로 링글 왕국에 온 거지?"
"엇, 들으셨나요?"
"그야 그렇지. 거리를 걷고 있는데 구명단에 들어가고 싶다는 어

린아이의 목소리가 들렸는걸. 관심을 안 갖는 게 이상해~.”

그렇게 크게 외쳤던 건가.

새삼스럽지만 부끄러워서 뺨이 뜨거워졌다. 그런 나를 보고 웃은 우루루 씨는 이어서 내게 말했다.

“우사토 군은 재미있는 아이였지?”

“……네. 정말 굉장한 사람이었어요. 그리고 제 은인이기도 하고요.”

“은인? 우사토 군이 뭘 했는데?”

“저를 단련시켜 줬어요. 이리저리 쫓기거나, 걷어차이거나, 잔뜩 욕을 먹기도 했지만, 지금은 그저 감사한 마음뿐이에요.”

“……그, 그 과정을 겪고 감사에 이르는 이유를 누나는 모르겠는데~.”

아차, 훈련 내용만 들으면 우사토 씨가 너무한 짓을 한 사람처럼 느껴질 것이다.

“어라라~ 우사토 군의 훈련 방침이 누군가랑 비슷해…….”

크, 큰일 났다! 화제를 바꿔야 해…….

“우, 우루루 씨는 우사토 씨와 어떤 관계인가요?”

마을 사람들처럼 경칭을 붙이지 않고 「우사토 군」이라고 친근하게 불렀기에 과감하게 물어보았다.

“관계? 음~ 믿음직한 누나? 그건 지나친 말이려나……. 친구, 일까?”

“그런가요…….”

“알게 된 지 아직 반년도 지나지 않았지만 말이야. 정말로 순식간에 몰라보게 성장했어. 마왕군의 공격에 대비해 급하게 강해져야 하기도 했지만……."

마왕군— 링글 왕국을 침략하고자 하는 마족 나라의 군대……. 불과 얼마 전에 일어났던 싸움에서 우사토 씨는 구명단의 단장님과 함께 전장을 달리며 많은 사람을 고쳤다고 들었다.

고작 닷새 정도밖에 훈련받지 못한 나로서는 상상도 할 수 없는 장면에서 구명단으로서 싸운 우사토 씨와 그 동료들…….

그곳에 나는 뛰어들려 하고 있었다.

"우루루 씨는 객관적으로 볼 때 제가 구명단에 들어갈 만하다고 생각하시나요?"

불안한 나머지 한심한 질문을 하고 말았다.

나란히 걷던 우루루 씨는 고민하듯 팔짱을 끼고서 끙 소리를 내더니 어색하게 웃으며 질문에 대답해 주었다.

"음~? 모르겠어."

"그, 그런가요……."

딱 잘라 구명단에 들어갈 수 없을 거라는 말을 듣지 않았으니 기뻐해야 하려나?

"하지만 우사토 군이 추천했다는 건 네게 장래성이 있다고 판단했기 때문이겠지."

"장래성……."

"그 아이는 로즈 씨의 훈련이 얼마나 엄격한지 누구보다도 잘 알고 있으니까. 로즈 씨와 같은 치유마법사고, 그 사람의 엄격한 훈련을 극복할 만한 강인함이 그에게는 있어. 그런 그가 너를 이곳에 보냈다는 건, 로즈 씨의 훈련을 버틸 만한 굳센 마음이 너에게 있다고 판단했기 때문일 거야."

훈련을 버틸 만한 굳센 마음…….

"나는 아직 나크 군에 관해 아무것도 모르지만, 우사토 군이 구명단에 추천했다면 괜찮을 거라고 생각해. 어울리는지 아닌지는 스스로 정해야겠지만 말이야."

그랬다. 나를 추천해 준 사람은 다름 아닌 우사토 씨다.

그 사람이 소개장까지 써 줬는데 언제까지 우물쭈물 고민하려는 거야. 이제 뒤로는 돌아갈 수 없다. 나는 이미 이곳에 와 버렸다.

"고민할 거면 지금 고민해 둬. ……고민할 만한 여유가 있는 건 지금뿐일 테니까."

"네?"

지금 아무렇지도 않게 무서운 말을 중얼거리지 않았나요? 때에 따라서는 향후 전개를 각오해야만 하는데요?!

내가 당황하든 말든 우루루 씨는 콧노래를 부르며 걸어갔다.

걷다 보니 건물이 가득했던 거리는 점차 녹음이 우거진 풍경으로 바뀌어 갔다.

"자~ 슬슬 도착할 거야~. 나크 군!"

숲길 끝에 나무로 만들어진 문이 보였다.

짧은 문자가 새겨진 그 문에는—.

"구명……단."

내 중얼거림에 기쁘게 고개를 끄덕인 우루루 씨는 문 앞으로 걸어가더니 나를 맞이하듯 팔을 크게 벌렸다.

“구명단에 잘 왔어, 나크 군. 사실은 여기저기 안내하고 싶지만 나는 여기까지! 다음에는 구명단의 동료로서 만나기를 기대할게~!”

“엇, 동료? ……설마?!”

“그럼 나머지는 잘 부탁해~!”

“아!”

내가 대답하기도 전에 우루루 씨는 거리 쪽으로 돌아가 버렸다.

순식간에 사라져서 얼떨떨해하다가, 아까 과일 장수 형이 했던 말이 떠올라서 웃고 말았다.

“하, 하하하, 구명단에는 개성적인 사람이 많은 걸까…….”

일견 평범해 보이는 우사토 씨도 훈련이 시작되면 다른 사람이 된 것처럼 말과 행동이 과격해졌고 말이지.

“……잠깐만.”

방금 우루루 씨가 「나머지는 잘 부탁해」라고 했지? 그건 나한테 한 말일까? 굳이 따지자면 내 뒤쪽을 향해 말했던 것 같았—.

“어이.”

“……?!”

돌연 뒤에서 다가온 누군가가 마치 고양이를 잡는 것처럼 내 옷깃을 잡아 올렸다.

그 굵직한 목소리에 겁먹은 채 뒤를 돌아보니 그곳에는 무시무시한 얼굴의 두 남자가 있었다.

“애송이, 길이라도 잃었냐?”

"안 되지, 안 돼…… 너 같은 어린애가 이런 델 오면 쓰나."

둘 다 비정상적으로 체격이 좋았고, 그 분위기와 형상이 범상치 않았다.

내 옷깃을 잡아 올린 남자는 웃어 주려는 것인지 입꼬리를 한껏 일그러뜨리고서 말하고 있지만, 너무나도 엄청난 박력에 나는 목소리가 나오지 않았다.

"히……에……."

성격 이전에 얼굴이 개성적인 사람이 나왔는데요?!

무진장 무서운데요?!

화났을 때의 우사토 씨만큼 무서운데요?!

"미르, 네 얼굴은 안 그래도 끔찍하니까 이 이상 겁주지 마."

"끔찍하다니?! 그러는 네놈도 나랑 그다지 다를 바 없잖아!"

"나는 자각하고 있으니까 괜찮거든? 멍청아."

심지어 자각하고 있어?!

덜덜 떨면서도 움켜쥐고 있던 편지를 떠올린 나는 일단 눈앞에 있는 험상궂은 사람들에게 편지를 보여 주기로 했다.

이곳이 구명단이라면 이 사람들도 구명단원이겠지.

게다가 이 사람들의 분위기는 우사토 씨와 약간 닮았고…….

"저, 저기…… 이, 이이, 이이이이, 이거……."

"응? 편지? 일부러 가지고 와 준 거냐?"

우락부락한 얼굴에 비해 매우 친절한 남자가 편지를 받았다.

"……!"

의아한 표정을 짓고 있던 그는 편지에 적힌 이름을 보고서 눈을 크게 떴다.

"왜 그래? 알렉."

"우사토가 보낸 거야. 단장님한테."

"오~ 그 녀석, 잘 지내고 있는 건가? 뭐, 편지를 보낼 정도면 당연히 괜찮겠지만!"

옷깃을 잡고 있던 손이 휙 풀리며 나는 지면에 내려졌다.

알렉이라고 불린 남자는 지면에 착지한 내 눈높이에 맞춰 몸을 수그렸다.

"우루루가 데리고 오는 걸 봤는데, 너는…… 입단 희망자인가?"

"……네!"

"좋아. 이건 네가 직접 단장님께 드려라."

편지를 내게 돌려준 알렉 씨는 따라오라는 한마디만 하고서 내 대답을 기다리지도 않고 앞으로 척척 가 버렸다.

미르라고 불렸던 또 다른 남자는 내 등을 가볍게 툭 쳐서 걸으라고 재촉했다.

"하하하, 입단 희망자였나."

"앗, 네."

"상당히 쪼끄맣지만 혼자 여기까지 왔다는 건 그런대로 각오하고 온 거겠지. 입단을 결정하는 건 단장님이지만 나는 널 환영해."

"가, 감사합니다."

정말로 실례되는 말이지만, 얼굴과 어울리지 않게 성격이 좋은 사람이었다.

그에 조금 안심한 나는 구명단의 숙소가 있을 숲 안쪽을 응시했다.

숲 안쪽으로 이어진 길, 그 끝에 우사토 씨가 말했던 구명단의 단장님이 있다.

긴장한 나머지 침을 꼴깍 삼킨 나는 한층 더 마음을 다잡고 걸음을 옮겼다.

"딱 구명단의 숙소라는 느낌이 드는 곳이네……."

알렉 씨와 미르 씨를 따라 구명단의 숙소에 도착했다.

두 사람은 단장님을 불러올 테니 기다리라고 말하고서 숙소로 들어가는 것이 아니라 왔던 길과는 다른 길로 걸어갔기에, 나는 혼자 숙소 앞에서 기다릴 수밖에 없었다.

"키리하 씨의 집과 조금 닮았어."

살짝 낡은 건물을 보고 있으니 루크비스의 키리하 씨 남매가 살던 집이 떠올랐다.

그리운 기분에 잠겨 있다가 아까 알렉 씨와 미르 씨가 걸어갔던 방향에서 누군가가 오는 것을 알아차렸다.

두 사람이 돌아왔나 싶어 그쪽을 살피자 무언가를 질질 끌면서 이쪽으로 다가오는 장발 여성의 모습이 시야에 잡혔다.

"……으."

그 여성을 본 순간, 묘한 한기를 느꼈다.

그것은 우사토 씨가 진심으로 나를 훈련시켰을 때의 감각과 비슷했다.

막연한 오한에 사로잡히면서도 여성을 주시하고 있었지만, 나무 그늘에서 나온 여성의 모습을 본 순간, 무심코 경악하여 외치고 말았다.

"엇, 으에에에에엑?!"

예쁜 녹색 머리를 늘어뜨리고 우사토 씨와 똑같은 흰색 단복을 입은 그 여성은 은발에 갈색 피부를 가진 소녀의 옷깃을 대수롭지 않게 잡고서 질질 끌고 있었다.

아마도 끌려오고 있는 소녀는 마족이리라.

우사토 씨에게 이야기는 들었지만 실제로 마족을 보는 것은 처음이었다.

"아니, 그보다도……."

문제는 녹색 머리 여성 쪽이었다.

오른쪽 눈을 가린 앞머리와 이쪽을 사살할 듯한 날카로운 눈빛. 무엇보다 놀란 것은 우사토 씨가 말한 대로 정말 육식 동물 같은 분위기를 내뿜고 있다는 점이었다.

틀림없다. 어딘가 우사토 씨와 닮은 것을 보면 확실하다고 단언할 수 있었다.

"오, 네가 입단 희망자인가."

구명단 단장, 로즈…… 씨.

우사토 씨의 스승이자 상사, 그리고 내가 지금부터 입단을 청할 구명단을 아우르고 있는 단장님이기도 했다.

그녀는 내게 말을 걸더니 한 손으로 질질 끌고 있던 소녀를 근처 잔디밭에 아무렇게나 내던졌다.

“끄엑?! 어? 여기는? 으, 생각이 안 나…….”

잔디밭에 떨어짐과 동시에 정신이 들었는지 소녀는 머리를 누르며 일어났다.

보아하니 곤혹스러워하는 것 같았지만, 로즈 씨는 그에 아랑곳없이 소녀에게 시선만 보내고서 귀찮다는 듯 입을 열었다.

“잠깐 쉬어라.”

“……?! 네, 넵! 전력으로 쉬겠습니다!”

쉬라는 말에 소녀는 한순간 의외라는 표정을 지었으나, 이내 옳다구나 잔디밭에 앉아 몸에서 힘을 쭉 뺐다.

전력으로 쉰다는 게 뭘까……? 아니, 그런 걸 신경 쓸 때가 아니잖아!

일단 나는 들고 있던 편지를 눈앞의 여성에게 내밀었다.

“나, 나크라고 합니다! 치, 치유마법사고…… 우사토 씨에게 소개받아 이곳에 왔습니다!”

“…….”

그러나 그녀는 내가 내민 편지에 아무런 반응도 보이지 않았다.

혹시 뭔가 실수한 걸까?

조심조심 얼굴을 들려고 했을 때, 이마에 터무니없는 충격이 가해져서 몸이 뒤로 휙 날아갔다.

“익…… 오오?!”

이마를 짚으며 착지하자, 손가락을 튕긴 자세인 로즈 씨가 유쾌하게 웃고 있는 모습이 눈에 들어왔다.

방금 내가 당한 건 딱밤……인가?

말도 안 돼! 머리가 날아갈 듯한 위력이었는데요?!

"흥. 재밌네. 토대는 만들어져 있는 모양이야. 그 모습을 보건대 우사토에게 단련받은 긴가? 그렇다면 이 안에 든 건 소개장이겠군."

무서워하고 있는 나를 보며 유쾌하게 웃은 그녀는 딱밤을 날린 손이 아닌 다른 손에 들린 편지를 내보였다.

어, 어느새 가져간 거지……? 전혀 눈치채지 못했어.

너무 놀란 나머지 말문이 막혀 아무 말도 못 하고 있으니 근처에서 쉬던 소녀가 벌떡 일어나 로즈 씨에게 다가갔다.

"우, 우사토가 뭐 어쨌다고?! 그 녀석, 돌아오는 거야?!"

"시끄러워, 나중에 해."

"뜨헉?!"

소녀의 이마에 딱밤이 작렬했다.

내가 받은 것보다 확연하게 위력이 높은 일격에 그녀는 뒤로 휙 날아가 원래 있던 곳에 미끄러지듯 낙하했고, 그대로 기절하고 말았다.

이 순간 나는 『부주의한 발언=불합리한 처사를 당한다』는 것을 이해하게 되었다.

날아간 소녀를 무시한 로즈 씨는 공포 때문에 움직이지 못하는 내 눈앞까지 다가와 알렉 씨가 그랬던 것처럼 나와 시선을 맞추기 위해 몸을 수그렸다.

"하나 말해 두겠는데, 나는 우사토보다 상냥하지 않아. 네가 울부짖든, 쓰러지든, 목숨을 구걸하든, 자비로운 말은 하지 않을 거야. 사람의 목숨을 책임지고 있는 구명단은 편함을 추구해서도 안 되고, 타협해서도 안 돼. 그래도 상관없다면…… 오늘부터 너는 구명단의 일원이다."

거짓도, 과장도 없었다.

이 사람은 방금 말한 대로 내게 조금도 자비를 베풀지 않을 것이다.

그녀의 눈을 보고 싫든 좋든 그것을 이해하게 되었다.

하지만 그게 무슨 대수일까.

그런 건 우사토 씨의 훈련으로 알고 있던 사실이다.

이미 각오는 되어 있었다.

"오늘부터 잘 부탁드립니다!"

앞으로 나는 이곳에서 강해진다.

그 어떤 괴로움이나 고통도 견디고 극복해 주겠다.

그것이 우사토 씨가 보여 주고, 내가 택한 길이니까.

***

구명단 입단을 인정받은 그날, 나는 방 하나를 배정받고 훈련복도 받았다.

방에 들어가자마자 구명단원 중 한 명인 미르 씨에게 이곳의 규칙 등 여러 가지 설명을 들었다. 무섭게 생긴 외모나 말투와는 반대로 그는 무척 알기 쉽고 정중하게 구명단에 관해 설명해 주었다.

구명단에 들어왔다.

나는 그 사실에 조금 들떠 있었다.

그날 밤, 같은 구명단원인 알렉 씨의 재량으로 내 환영회 비슷한 것이 열리게 되었다.

솔직히 조금 부끄러웠지만, 새로운 환경에서 잘 지낼 수 있을 듯하여 기쁜 마음이 더 컸다.

하지만—.

"네놈이 우사토의 소개로 온 애송이인가. 아직 어린애잖아."

"뭐야, 페름보다도 꼬맹이네. 밥은 제대로 먹고 있는 거야?"

"앞으로 잘 먹이면 되지. 싫어도 먹게 되겠지만."

나를 에워싸고 내려다보는 사람들이 너무 무서운데요.

몸을 경직시키고서 덜덜 떨고 있으니 주방으로 보이는 곳에서 앞치마 차림으로 나온 알렉 씨가 나를 에워싼 험상궂은 남자들을 보고 한숨을 쉬었다.

"어이, 안면 흉기들, 신입이 무서워하고 있잖아."

"누가 안면 흉기야! 알렉! 네놈도 똑같잖아!"

"똑같아도 위험도가 다르지. 너희는 진짜로 사람을 한입에 꿀꺽 삼킬 듯한 면상이잖아."

"누가 오크라고?! 어엉?!"

"거기까지 말하진 않았어."

말싸움을 하며 우락부락한 남자들은 각자의 자리로 돌아갔다.

돌아갈 때 가볍게 사과한 것을 보면 나쁜 사람들은 아니겠지만…… 응, 역시 무서워.

작게 심호흡하여 빠르게 쿵쿵 뛰는 심장을 진정시키고 있으니 뒤에서 누군가가 다가오는 발소리가 들려서 순간적으로 옆으로 비켰다.

"응? 너는……."

내 옆을 지나간 이는 머리에 뿔이 난 갈색 피부의 소녀였다.

나이는 우사토 씨와 같거나 어려 보였는데, 그녀를 보고 나는 무심코 「아!」 하는 소리를 내고 말았다.

"훗, 마침내 나를 무서워하는 녀석이 들어왔나. 좋아, 마음껏 무서—."

"로즈 씨에게 딱밤을 맞고 날아갔던 사람이다."

내 말에 크게 비틀거린 소녀는 분노한 형상으로 내게 다가왔다.

"자, 잘 들어! 나는 마족이야!"

"네. 구명단에 마족이 있다는 건 우사토 씨에게 들었어요. 그렇게 나쁜 아이는 아니니까 상냥하게 대해 주라고……."

"……읏! 그, 그 녀석!"

그렇게 말하자 마족 소녀는 얼굴을 붉히고서 부르르 떨며 발을 구르기 시작했다.

그 모습을 보고 조금 위기감을 느낀 나는 눈앞의 마족을 지나쳐 식탁으로 향했다.

"오오……."

식탁 위에는 많은 요리가 차려져 있었다.

알렉 씨가 만들었다고 들었는데, 사람은 겉만 보고 판단해선 안 된다고 다시금 생각하며 빈자리에 앉았다.

가상자리에 앉은 내 옆에는 이미 미르 씨가 앉아 있었다.

"오~ 나크."

"아, 안녕하세요, 미르 씨."

가볍게 인사하며 주위를 둘러보았다.

식당은 이 인원수도 충분히 수용할 수 있을 만큼 넓었고 제법 청결해 보였다.

역시 구명단이라서 청결을 유지하기 위해 청소도 확실하게 하고 있을지도 모른다.

그런 생각을 하고 있는데 식당에 새로운 인물 두 명이 들어왔다.

한 명은 나도 아는 사람이었다.

"야호~ 나크 군."

"우루루 씨!"

나를 구명단까지 안내해 줬던 여성, 우루루 씨였다.

눈부시게 웃으며 이쪽을 향해 손을 크게 흔드는 그녀에게 나도 손을 흔들어 인사했다.

우루루 씨는 뒤에 있던 남자의 손을 잡아끌어 내 맞은편 자리에 앉았다.

“무사히 구명단에 들어온 모양이구나. 다행이야, 잘 됐어.”

“로즈 씨의 딱밤을 맞고 날아갔지만, 어떻게든 괜찮아요.”

“……엇, 괜찮아? 뼈가 부서지진 않았어?”

농담으로 한 말이었는데 진지한 걱정이 돌아왔다.

그보다 뼈가 부서지다니 무서운데요.

내가 무심코 이마에 손을 얹자 우루루 씨 옆에 앉은 남성이 쓴웃음을 지으며 말했다.

“단장님은 제대로 힘 조절을 하실 줄 알 테니까 걱정하지 않아도 될 거야.”

“앗, 네. 저기 그쪽은…….”

“아, 자기소개도 안 하고 미안. 나는 올가야. 네가 나크 군이구나. 너에 관해서는 동생 우루루한테 들었어.”

“우루루 씨의 오빠셨군요.”

확실히 두 사람 모두 금발이고 어딘가 닮은 모습이었다.

“올가 씨와 우루루 씨도 알렉 씨나 미르 씨와 같은 구명단원인가요?”

“조금 달라. 우리는 로즈 씨나 알렉 일행과는 달리 치유마법만으로 활동하는 구명단원이야. 평소에는 거리에서 진료소를 열고 있어.”

“진료소…….”

혹시 우사토 씨가 말했던 두 치유마법사가 이 사람들인가?

진료소라……. 구명단에도 그런 역할이 있구나.

그렇게 감탄하고 있으니 비어 있던 우루루 씨 옆자리에 오만상을 지은 마족 소녀가 거칠게 앉았다.

분노는 가라앉은 모양이지만 아직 언짢은 모습이었다.

"아, 페름이다. 왜 그런 얼굴 하고 있어~?"

"으엑?! 아, 하지 마! 내 뿔 만지지 마!"

하지만 그런 상대에게도 우루루 씨는 서슴없이 말을 걸었다.

당사자는 꽤 싫어하는 것처럼 보였지만, 그래도 우루루 씨는 웃으며 그녀의 머리를 마구 쓰다듬었다.

"하하하, 우루루는 평소보다 더 기운차구나."

"오, 올가 씨. 마, 말리지 않아도 괜찮은 건가요?"

"괜찮아. 이 아이도 보기엔 이렇지만 그렇게까지 싫어하는 건 아닐 테니까."

하지만 마족의 눈에 눈물이 맺혀 있는 것처럼 보이는데요.

어느새 식탁의 자리는 하나를 빼고 전부 채워져 있었다.

남은 것은 긴 식탁의 끝에 있는 자리뿐…….

"소란스럽군."

그 목소리가 울린 순간, 고요함이 식당을 지배했다.

그렇게나 소란을 피웠던 우루루 씨도, 잡담을 나누던 알렉 씨와 미르 씨도, 모두 하나같이 침묵하며, 식당에 나타난 여성, 로즈 씨가 의자에 앉기를 기다렸다.

나는 어느새 긴장하고 있었다.

낮에 그런 일이 있기도 했지만, 체격이나 인상 모두 평범하지 않은 알렉 씨나 미르 씨가 빈틈없는 표정으로 로즈 씨의 말을 기다리는 모습을 보고서 그녀가 얼마나 존경받는 존재이며, 또 얼마나 강한 존재인지를 이해했기 때문이다.

의자에 앉은 로즈 씨는 몇 초쯤 침묵한 뒤에 또렷한 목소리로 말했다.

"다 모였군."

""""……""""

그녀의 말에 모두가 귀를 기울였다.

나도 마찬가지로 로즈 씨의 말을 놓치지 않도록 집중했다.

대체 어떤 말을 할까?

기대되면서 두려웠다.

"딱딱한 인사는 생략하지. 오늘은 새로운 동료가 늘어난 걸 축하해라. 그렇다고 너무 풀어지지는 말고."

"엥?"

너무 풀어지지는 말라니?

너무나도 간결한 말에 멍해져 버렸다.

그러나 그런 내 곤혹과는 상관없이 미르 씨와 단원들은 벌떡 일어났다.

"단장님의 허락이 떨어졌다!"

""""우오오오오오!""""

침묵이 지배했던 분위기가 폭발했다.

얼굴에 희색이 만연해진 단원들이 요리로 손을 뻗으며 웃었다.

"엇, 이건…… 무슨……?"

그 분위기를 따라가지 못한 내가 떠들썩한 식당을 둘러보고 있으니 음식을 던 그릇이 내 앞에 내밀어졌다.

그 손의 주인을 보자 다정한 눈으로 나를 보는 우루루 씨가 있었다.

"자, 먹어. 나크 군."

"가, 감사합니다. 저기, 이건……."

"깜짝 놀랐지?"

"네……."

뭔가 중요한 이야기라도 할 줄 알았는데 그대로 예고도 없이 식사가 시작되었다.

이러한 급격한 전개는 우사토 씨와 함께 있을 때 몇 번 맛보았던 것과 똑같았다.

"평소에는 이렇게 떠들썩하지는 않지만, 오늘은 나크 군이 우리의 동료가 된 날이니까."

"동료, 인가요. 뭐, 뭐랄까, 낯간지럽네요……."

새삼 동료라는 말을 들으니 겸연쩍었지만 나쁘지는 않았다.

얼굴에 살짝 열이 오른 나를 보고 우루루 씨는 더욱 짙게 웃었다.

"머지않아 익숙해질 거야. 왜냐하면 오늘부터 이곳이 네가 돌아올 집이니까!"

집.

그 말에 자연스럽게 마음이 충만해지는 기분이 들었다.

그리고 지금, 마침내 내가 구명단의 일원으로서 이 자리에 있음을 자각할 수 있었다.

“나는 알렉이다. 구명단에 들어온 이유는, 일하던 식당의 점장을 패서 해고되고 길거리를 헤매다가 단장님에게 납치당했기 때문이야.”

로즈 씨의 신호로 시작된 내 환영회.

떠들썩함이 어느 정도 진정되자 아직 단원들의 이름을 파악하지 못한 나를 위해 다들 자기소개를 하자고 우루루 씨가 제안해 주었다.

간단한 자기소개였지만 그 내용은 조금 과하게 강렬했다.

통 씨는 떠돌이 격투가로 실력 확인을 위해 링글 왕국을 찾아와 로즈 씨와 싸웠던 모양인데, 허무하게 패배하여 인격 교정이라는 명목으로 구명단에 강제로 가입하게 되었다고 한다.

고무르 씨는 양아치 같은 짓을 하다가 불행히도 로즈 씨에 눈에 들어 구명단에 강제로 가입하게 되었다고 한다.

굴드 씨는 상인을 호위하는 일을 하고 있었지만, 기사에게 마물로 오해받고 붙잡혀 있던 것을 로즈 씨가 보호(?)해 줬다고 한다.

미르 씨는 원래 기사였지만 나쁜 행실 때문에 그만둘 수밖에 없었고, 한껏 사나워져 있을 때 로즈 씨를 만나 싸움을 걸었다가 호되게 처맞고 구명단에 가입하게 되었다고 한다.

……너무 강렬하잖아?!

어디서부터 태클을 걸면 좋을지 알 수 없을 정도로 강렬해! 특히 굴드 씨는 애초에 인간 취급을 못 받았고! 심지어 입단 이유가 로즈 씨에게 납치당했거나 강제 가입이라니 어떻게 된 거죠?!

소리 내어 말하지는 않고 마음속으로 외쳤다.

"페르미는?"

"페르미라고 하지 마. 죽여 버린다."

우루루 씨의 말에 욕하면서도 부루퉁한 눈으로 나를 본 마족 소녀가 마지못해 일어났다.

이 사람은 어떤 이유로 구명단에 들어온 걸까. 마족이 인간들 사이에 있다니, 희한하다는 말로는 표현할 수 없을 만큼 말도 안 되는 이야기라고 생각했는데…….

"페름이다. 보다시피 마족이야. 전쟁 중에 우사토에게 붙잡혀서 이딴 곳에 있지."

우사토 씨도 로즈 씨와 비슷한 짓을 하고 있었어……!

스승과 제자는 닮는다는 이야기를 들은 적이 있지만, 설마 단원을 붙잡아 오는 부분까지 닮을 줄이야…… 뭐랄까, 역시 대단하구나.

그렇게 생각하고 고개를 끄덕이자 알렉 씨가 재미있다는 얼굴로 페름 씨를 보며 말을 걸었다.

"우사토가 링글 왕국을 출발하던 날에 쫓아가려고 했을 정도니 말이지. 여기가 아니라 우사토 옆이 좋았던 거지?"

"뭐, 뭐?! 무슨 이상한 착각을 하고 있는 거야! 난 순수하게 이 괴무—."

"엉?"

"아무것도 아닙니다!"

알렉 씨의 말에 격앙한 페름 씨는 로즈 씨를 가리키며 괴물이라고 말하려고 했지만 그녀가 한 번 노려보자 위축되어 버렸다.

시선을 직접 받은 것도 아닌데 나까지 움츠러들고 말았다.

뭐랄까, 페름 씨는 나의 반면교사 같은 존재가 될 것 같다.

"그럼 다음은 나구나!"

그때, 손을 번쩍 들며 우루루 씨가 일어났다.

당신은 제게 자기소개를 할 필요가 없지 않나요……. 하지만 그렇게 말해도 멈출 것 같지 않았다.

"나는 우루루, 열여덟 살. 옆에 있는 사람은 오빠인 올가, 스물세 살. 둘이서 거리에 진료소를 열고 있는 치유마법사입니다!"

"엇, 내 몫의 자기소개까지 해 버리는 거야?"

"한꺼번에 하는 편이 빠르잖아?"

"그, 그렇긴 하지만. 아, 아하하……."

우루루 씨가 아무렇지도 않게 올가 씨까지 소개해 버리자 올가 씨는 난처하게 웃었다.

나는 그녀의 기세에 눌려서 애매하게 반응할 수밖에 없었다.

"우리가 여기에 들어온 건 로즈 씨에게 권유받았기 때문이야."

"권유받았기 때문에요?"

이건 그거일까. 알렉 씨나 다른 단원들처럼 납치당하거나 강제가입이 아니라 평범하게 권유받았다는 뜻일까?

"응. 나랑 오빠가 둘이서 일할 곳을 찾고 있을 때, 우연히 로즈 씨랑 만났어."

"일할 곳…… 남매가 함께, 말인가요?"

"그건 조금 사정이 있거든. 4년쯤 전에 부모님이 마물에게 습격을 받았어. 다행히 가볍게 다치는 선에서 그쳤지만 장사 도구를 전부 못 쓰게 됐어. 그래서 오빠랑 나도 일을 하자고 마음먹게 됐는데……."

올가 씨를 힐끔 쳐다본 우루루 씨는 어이없다는 듯 어깨를 으쓱였다.

"오빠는 보다시피 허약해서, 무슨 일이든 오래 하질 못했어."

"너, 너무하네……. 사실이라 부정할 수 없지만……."

남매이기 때문인지 우루루 씨는 올가 씨에게 조금 엄격했다.

"나 혼자라도 일할 수밖에 없다고 생각했을 때, 로즈 씨를 만나서 구명단에 들어온 거야."

"그렇군요…… 그럼 진료소도……?"

"구명단에 들어오고 나서 얼마 후에 열었어. 로즈 씨의 힘도 조금 빌렸지."

그렇다면 두 사람이 열고 있는 진료소는 구명단 활동의 일환이기도 하다는 건가.

이로써 구명단 단원의 이름을 전부 파악했는데 다들 개성이 강했다.

로즈 씨를 필두로 무섭게 생긴 알렉 씨 일행.

진료소를 활동 거점으로 삼고 있는 우루루 씨와 올가 씨.

겉모습만 보자면 우사토 씨는 우루루 씨나 올가 씨 부류에 들어갈 것 같지만, 그 사람은 역시 알렉 씨 일행 쪽에 들어가겠지.

내가 우사토 씨와 같은 곳에 있을 수 있을지는 향후 노력에 달린 거구나.

"그럼 나크 군."

"네?"

생각에 잠겨 있던 내게 우루루 씨가 말을 걸어왔다.

"우리의 자기소개가 끝났으니까 이번에는 네 이야기를 들려주지 않을래?"

"제 이야기요?"

무슨 이야기를 하면 좋을까.

내 성장 환경 같은 걸 이야기해 봤자 분위기만 어두워질 테고…….

"그럼 제가 우사토 씨와 만나게 된 경위를 이야기할까요?"

"응, 상관없어. 오히려 그걸 듣고 싶어!"

우사토 씨와의 만남…….

내 말에 알렉 씨와 다른 단원들도 흥미롭다는 시선을 보내왔다.

페름 씨는 우사토 씨의 이름을 듣고 이를 갈며 나를 노려보았지만, 나는 상관하지 않고 입을 열었다.

"처음 만난 건—."

소꿉친구 미나에게 괴롭힘당하던 나를 우사토 씨가 도와주면서 시작되었다.

그리고 나는 우사토 씨에게 엄격한 훈련을 받았다.

한때는 도망쳤지만, 모든 것을 내던지고 미나에게 용서를 구하려던 나를 우사토 씨는 찾아내서 일으켜 세워 주었다.

그 이후의 훈련은 매우 혹독하여 몇 번이나 마음이 꺾일 뻔했다.

변모한 우사토 씨의 매도에 수없이 울었지만, 정말로 나를 생각해서 하는 말임을 알았기에 나는 꺾이지 않고 노력할 수 있었다.

미나와 모의전을 치르는 당일.

처음에는 밀어붙였으나 그녀가 진심으로 공격을 시작하면서 나는 점차 압도당했다.

미나 따위 무섭지 않다고 자신을 속였던 허세가 간단히 벗겨지면서, 공포에 떨며 그녀의 맹공으로부터 도망치기 바빴던 그때의 나는 매우 꼴사나웠을 것이다.

그러던 때에 우사토 씨의 호통이 내 마음을 북돋웠다.

『도망치지 마, 싸워!』

그 말을 듣고 마침내 나는 내가 여태껏 미나를 두려워했음을 자각할 수 있었다.

아무리 자신을 속여도, 아무리 허세를 부려도, 마음에 심어진 공포를 숨길 수는 없다.

그래서 나는 그 공포까지 전부 받아들이고 미나와 마주했다.

물론 무서웠다.

울고 싶을 만큼 무서웠지만, 그래도 다리는 멈추지 않았다.

미나에 대한 공포를 전부 토해 내며 가한 최후의 일격으로 그녀와 나의 승부는 끝을 맞이했다.

하지만 그럼에도 미나는 포기하지 않았다.

땅을 기어서, 움직일 수 없는 몸을 필사적으로 움직여서, 막무가내로 마력을 담은 마법으로 나를 쓰러뜨리려고 하는 그녀를 보고,

처음으로 나는 나 혼자만 괴로웠던 것이 아닐지도 모르겠다는 생각에 이르렀다.

우사토 씨와 만나고 보낸 일주일은 정말로 둘도 없을 소중한 시간이었다. 여태껏 혼자였던 내게 다른 사람과의 연결 고리도 생겼다.

내가 구명단에 들어가자고 결의한 것도 우사토 씨처럼 되고 싶었기 때문이다.

"그래서 지금 제가 여기에 있는 건 우사토 씨와 만났기 때문이에요."

이야기가 조금 길어졌을지도 모르겠다.

말을 너무 많이 해서 말라 버린 목을 축이기 위해 물을 마시고 있으니 눈앞에서 팔짱을 끼고 고개를 주억거리던 우루루 씨가 신묘한 얼굴로 말했다.

"우사토 군은 착실하게 로즈 씨를 닮아 가고 있구나."

"틀림없어."

"그 녀석의 변모는 진짜 엄청나지."

"그 녀석, 화나면 주저 없이 때리려고 드니까."

"심지어 평범하게 우리랑 맞붙고 말이야."

"처음에는 평범한 애송이였는데."

"뭐, 그렇게 된 원인의 절반은 우리한테 있지만!"

"확실히 그렇지!"

""""으하하하!""""

"엇, 어어……."

심각한 얼굴인 우루루 씨와는 대조적으로 알렉 씨 일행은 껄껄

거리며 웃었다. 그 모습을 본 올가 씨는 곤혹스러워하는 내세 쓴웃음을 지으며 말했다.

"아무튼 우사토 군이 잘 지내고 있는 것 같아서 다행이야. 설마 그가 너에게 구명단 입단을 추천할 줄은 몰랐지만."

"실은 구명단에 들어가는 선택지 말고도 또 하나, 우사토 씨의 지인이 운영하는 진료소에 소개해 준다는 것도 있었어요."

"그건 혹시 우리 진료소를 말하는 건가?"

"아마도 그럴 거예요."

만약 내 뜻이 중간에 꺾여 버렸다면 올가 씨의 진료소를 소개받았을지도 모른다.

내 말에 올가 씨는 자상하게 웃었다.

"아깝네. 일손은 얼마든지 있어도 좋은데……."

"하, 하하……."

"뭐, 기회가 있으면 우리 진료소에도 들러 줘. 별로 화려하게 대접할 수는 없지만 말이지."

올가 씨의 제안에 나는 고개를 끄덕였다.

진료소인가. 루크비스에는 부상자를 고치는 곳은 있었어도 진료소는 없었기에 한번 보고 싶다.

"있지, 있지, 나크 군."

"네. 왜 그러세요? 우루루 씨."

"우사토 군은 로즈 씨처럼 너를 훈련시킨 거지? 구체적으로는 어떤 훈련을 했어?"

"어, 그건 말이죠……. 블루링을 업은 우사토 씨에게 온종일 쫓기거나, 끝없이 쏟아지는 우사토 씨의 폭언 속에서 마력을 다듬으며 달리거나, 치유마법의 마력탄을 계속해서 회피하는 등의 훈련을 했어요."

지옥이었습니다.

네, 지옥이었고말고요.

아마도 눈이 죽어 버렸을 내 말에 로즈 씨를 제외한 전원이 질색했다.

"우사토 군, 아무리 그래도 너무 심했잖아…… 상대는 열두 살인데……."

"루크비스에서도 블루링을 업고 달린 건가……."

"이런 꼬맹이를 상대로…… 마치 단장님 같아."

"맞아, 단장님이야……."

"단장님 그 자체야."

"그야말로 귀축. 아, 단장님이네……."

"장래가 무서운 애송이야……."

"괴물의 제자는 괴물이라는 걸 나는 알고 있었지만 말이지."

"지금은 축하하는 자리니까 아무것도 안 하겠지만…… 네놈들, 내일은 각오해."

희미하게 노여움이 담긴 로즈 씨의 말에 올가 씨와 우루루 씨를 제외한 여섯 명의 얼굴이 새파래졌다.

"뭐, 어느 정도 몸이 만들어져 있어서 예상은 했지만, 그 녀석은 내 방식을 흉내 내서 훈련시킨 건가."

그렇게 말한 로즈 씨는 팔짱을 끼고 나를 보았다.

그저 시선을 받았을 뿐인데 나도 모르게 위축되고 말았다.

"다리는 그럭저럭 괜찮지만 다른 곳은 전혀 단련하지 않았군. 단기간 단련법으로는 괜찮은 성과지만…… 여기서는 방침을 바꿀 필요가 있겠어."

"네?"

"한동안 내가 봐주지. 지금껏 하던 훈련을 계속해 봤자 성장을 방해할 가능성이 있으니까."

로즈 씨가 내 훈련을 봐준다고?

영광…… 영광이지만 무서워! 아직 훈련은 시작조차 안 했는데 몸이 덜덜 떨려!

"그, 그럼 나는 해방…… 자율 훈련인 거지?! 그런 거지?!"

"뭐? 그럴 리가 있나. 네 훈련에 나크가 더해지는 거야."

"……."

아, 페름 씨의 표정이 절망으로 물들었다.

낮에도 기절한 채 끌려왔었지. 심지어 다시 기절할 만한 딱밤을 맞았었고.

"나크 군은 로즈 씨의 훈련을 받는 거구나. 힘내. 응원할게!"

"네……."

"힘들어질 테니 언제든 내게 상담해도 돼!"

「힘들어지면」이 아니라 「힘들어질 테니」인가…… 힘들어지는 것은 확정이군요.

전혀 기쁘지 않은 상냥함에 웃음이 어색하게 굳었다.

생글생글 웃으며 나를 보던 우루루 씨는 문득 뭔가가 생각났는지 로즈 씨에게로 시선을 옮겼다.

"로즈 씨."

"왜?"

"전부터 궁금했는데요, 로즈 씨는 무슨 이유로 치유마법을 사용해서 자신의 몸을 단련하는 훈련법을 생각해 낸 건가요?"

"……아~, 그러고 보니 얘기한 적이 없었군."

치유마법을 사용하여 훈련하게 된 경위…….

그건 나도 궁금했다.

알렉 씨와 다른 단원들도 모르는지 흥미진진하게 귀를 기울이고 있었다.

"뭐, 상관없으려나. 특별히 숨길 일도 아니고. 내가 치유마법을 이용한 훈련법을 고안한 건 분명…… 열두 살 무렵이야."

"열두 살, 지금의 저랑 동갑일 때네요……."

"그래, 너와 다르지 않은 꼬맹이였지."

그 훈련법을 고안한 것이 나랑 동갑이었을 때라는 것에 조금 놀랐다.

"치유마법사라는 이유로 싸움을 걸어오는 바보들을 팰 정도로는 기가 드셌지만."

"아아, 역시 그 무렵부터 단장님은 단장님이셨군요……."

"시끄러워, 알렉. 얘기를 계속한다."

로즈 씨가 말하길, 그녀는 링글 왕국 출신이 아니라 외진 마을에서 나고 자랐다고 한다.

어릴 때부터 기가 세서 마을의 개구쟁이 소년들을 제압하여 그 정점에 군림했는데, 그것은 마법 적성이 판명된 후에도 변함없었다. 당시 그녀는 마법을 사용해서 장난치는 소년들을 완력만으로 때려눕히는 여걸이었다는 모양이다.

……어라? 하르파 씨와 비슷한 것 같으면서 다른데?

애초에 이 시점까지 치유마법을 썼다는 이야기가 전혀 나오질 않는데요.

"어쩐지 그 무렵의 로즈 씨를 상상할 수 있을 것 같아……. 이렇게, 지금 눈앞에 있는 로즈 씨를 그대로 작게 만든 느낌이지 않을까……."

"예전과 비교하면 나도 상당히 둥글어진 거야."

"네?!"

우루루 씨가 작은 목소리로 「지금 이게……?」라고 중얼거렸다.

참 무서운 일이지만, 모두가 두려워하는 지금 이 모습조차도 상당히 둥글어진 모습인 듯했다.

"그렇게 작은 마을에서 골목대장 노릇을 하고 있었지만, 그래도 내가 살던 마을은 평화로웠어. 녀석들이 습격해 오기 전까지는 말이야."

"녀석들?"

"마물들이 마을을 습격했어. 심지어 더할 나위 없이 성질 더러운 마물이 말이지."

평화로운 마을을 마물이 습격했다.

그것뿐이라면 토벌하고 끝이겠지만, 성질이 더러웠다는 건 무슨 의미일까?

그 마물이 흥미를 끌었는지 올가 씨가 로즈 씨에게 질문했다.

"어떤 마물이었나요?"

"흰색 털을 지닌 커다란 사슴, 그랜드 혼. 그랜드 그리즐리와 어깨를 견줄 만큼 흉악한 마물이지."

"그것참 상당한 거물이 나왔네요."

옆자리 미르 씨가 깜짝 놀랐다.

그랜드 그리즐리와 어깨를 견줄 만큼 흉악하다. 그것만으로도 위험한 마물이라고 이해할 수 있었다.

"녀석은 머리가 좋았어. 마을을 덮쳐도 마을 사람은 죽이지 않았지. 작물만을 필요한 양만큼 먹고 돌아갔어. 아무리 마을 녀석들이 저항해도 녀석은 상처만 입힐 뿐 죽이지는 않았지."

"그건……."

"그래. 녀석은 인간을 가축으로 삼으려고 했던 거야. 저항하지 않으면 위해는 가해지지 않는다. 밥만 먹게 해 주면 아무 짓도 당하지 않는다. 공포에 떨며 그저 착취당할 뿐…… 내가 살던 마을은 자연스럽게 그런 일이 당연한 마을이 되어 버렸어."

너스레를 떨듯 로즈 씨가 그렇게 말하자 다들 입을 다물고 말았다.

적어도 당시 열두 살이었던 로즈 씨가 쓰러뜨릴 수 있는 상대는 아니었다.

"단장님은 그때 뭘 하셨죠?"

"화가 났어. 멋대로 우리 마을을 휘젓는 짐승과, 아무런 저항도 하지 않으며 짐승의 먹이를 만드는 어른들에게 말이야."

화내는 방향이 약간 이상한 것 같은데…….

아무 말도 못 하는 우리에게 로즈 씨는 이어서 말을 자아냈다.

"당시 내게 그랜드 혼은 인간을 업신여기는 짐승으로만 보였어. 그런 녀석에게 겁을 먹고 따르는 어른들의 모습은 그 이상으로 내 분노에 기름을 부었지."

당시의 로즈 씨, 너무 무섭지 않나요?

페름 씨조차 질색하고 있는데요…….

"화가 나서 미쳐 버릴 듯한 머리를 굴려서 내가 한 일은, 그저 몸을 단련하는 거였어."

심지어 이야기가 느닷없이 단순 무식한 근육파 쪽으로 넘어갔어……?!

화가 나서 미쳐 버렸다는 말로는 정리할 수 없는 행동에 나는 입을 쩍 벌렸다.

"지금 생각해 보면 멀쩡한 행동은 아니었지만, 최적의 해답이었다는 점은 변함없지. 그 악순환을 끊으려면 그랜드 혼을 쓰러뜨릴 수밖에 없었으니까."

"뭘 하신 거죠? 으음, 훈련이라고 해도 종류가 많잖아요."

알렉 씨가 그렇게 묻자 로즈 씨는 당시의 자신을 떠올렸는지 쿡 웃었다.

"달리고, 때리고, 찼어. 아침부터 밤까지 똑같은 일을 되풀이하고 집에 돌아와 잤지. 그걸 계속했을 뿐이야. 무의식적으로 치유마법을 사용했다는 건 나중에 깨달았어."

예상보다 더 우악스러운 대답이 돌아왔다.

"분노는 그저 판단력만 흐리는 게 아니야. 아픔도, 주변 상황도, 자기 자신조차도 알 수 없어지게 만들지. 그때의 나는 오로지 녀석을 때려눕히겠다는 생각으로 몸을 계속 단련했어."

너, 너무 장대해…….

분노로 머리가 가득 찼어도 온몸의 피로와 통증은 엄청났을 것이다.

나와 동갑일 때의 이야기라고는 도저히 생각할 수 없었다.

애초에 일부러 생각해서 고안한 것이 아니라 무의식중에 사용했다는 것이 비정상적이었다.

아마도 우사토 씨가 내게 마력을 느끼면서 달리라고 했던 것은 로즈 씨가 무의식중에 치유마법을 이용하여 몸을 고친 것에서 기인한 훈련이리라.

우사토 씨도 자신이 로즈 씨에게 배운 훈련법이 무의식에서 나온 것임은 몰랐겠지만…….

"저기, 부모님은 걱정하시지 않았나요?"

"응? 부모의 말을 순순히 듣는 꼬맹이였다면 나는 지금 여기 없을걸."

"아, 아하하…… 그렇겠죠~."

로즈 씨의 대답에 우루루 씨는 쓰게 웃었다.

하지만 이로써 치유마법을 사용한 훈련법이 어떻게 고안되었는지 알았다.

그러나 그 이상으로 로즈 씨의 마을을 습격했던 그랜드 혼의 그 후가 궁금했던 나는 용기를 내어 그녀에게 질문해 보기로 했다.

"저기, 그랜드 혼은 어떻게 됐나요?"

"녀석 말이야? 녀석은……."

씨익, 사납게 웃은 로즈 씨는 엄지로 자신의 단복을 가리켰다.

더러움이라고는 찾아볼 수 없는 흰색 단복.

우사토 씨가 입고 있던 것과 똑같은 옷을 걸친 그녀를 보고 나는 「아!」 하는 소리를 냈다.

"가죽을 벗겨서 옷으로 만들었지. 의외로 싱거웠어."

얼떨떨해하는 나를 보고 로즈 씨는 키득키득 웃었다.

로즈 씨가 입고 있는 단복은 우사토 씨의 옷과 똑같다.

내 생각이 틀리지 않았다면 우사토 씨의 단복에 쓰인 소재도 로즈 씨가 쓰러뜨렸을 그랜드 혼의 가죽……. 그렇다면 로즈 씨에게 흰색 단복은 특별한 의미를 가졌을지도 모른다.

"……."

흰색 단복은 그녀의 강함의 증거였다.

마찬가지로 우사토 씨에게는 긍지이기도 했다.

나는 그런 그녀 밑에서 강해져야만 한다.

그렇게 생각하자 무의식적으로 어깨가 떨리고 말았다.

제2부 대대장 로즈

구명단을 찾아오는 자는 별로 없다.

그것은 링글 왕국 사람들이 단원들에게 가진 일종의 경외…… 단순히 무서워하는 것이지만, 아무튼 그것이 있어서 그렇다는 점이 큰 이유이리라.

다른 하나는 구명단의 손길이 필요할 만큼 크게 다치는 사람이 그리 쉽게 생기지 않는다는 것이었다.

있더라도 진료소의 올가와 우루루를 찾아가면 그만이었다.

이 두 가지 이유로 구명단에 단원이 아닌 사람이 찾아오는 일은 매우 드물었다.

그러나 오늘, 한 소년이 구명단을 찾아왔다.

이름은 나크. 우사토에게 소개받아 구명단에 왔다는 열두 살 소년이었다.

"……구명단도 상당히 시끌벅적해졌군."

단장실 의자에 등을 기대고서 밝게 빛나는 촛불을 바라보며 나는 그렇게 중얼거렸다.

단원이 늘어나는 것은 기쁜 일이지만, 열두 살짜리 어린애가 들어올 것이라고는 털끝만큼도 생각하지 못한 일이었다. 그러나 근성만큼은 있는지 입단하고 싶다는 고집스러운 의지가 똑똑히 보였다.

구명단을 처음 창설했을 때는 이렇게 단원이 많은 조직이 될 줄은 생각도 못했다.

"하……!"

놀라기도 새삼스러워서 자조적으로 웃고 있으니 단장실 문을 조심스럽게 노크하는 소리가 들렸다.

평소와는 다른 노크 소리에 누가 찾아왔는지 짐작한 나는 의자에 등을 기댄 채 내방자를 실내로 들였다.

"들어와도 돼."

"실례합니다."

조심스럽게 문을 열고 이쪽을 들여다본 이는 금발을 뒤로 묶은 예쁘장한 남자, 올가였다.

"안녕하세요, 로즈 씨. 지금 시간 괜찮나요?"

"그래, 상관없어."

단장실에 발을 들인 올가에게 의자에 앉으라고 권했다.

"무슨 일로 왔지? 진료소로 돌아간 줄 알았더니."

"우루루가 오늘은 여기에 묵겠다고 해서요……. 뭔가 폐를 끼치지는 않을까 걱정돼서 저도 조금 더 여기 남아 있었어요."

"그래? 우루루는 어디 있어?"

"지금은 페름이랑 나크 군과 함께 있어요."

"흐응."

그 쾌활한 동생이라면 나크 군의 모습을 살피기 위해 그런 행동에 나섰을 것이다.

그 녀석은 예전부터 참견하기를 좋아하는 녀석이었으니 말이지.

"저는 적당히 때를 봐서 돌아가려고 했지만…… 로즈 씨의 모습을 살짝 보고 돌아갈까 싶어서……."

"네가 무슨 우리 엄마냐?"

"저녁 식사 때, 조금 고민스러워 보이기도 했거든요."

올가의 말에 어이가 없어졌다.

변함없이 안 보는 것 같아도 잘 보고 있는 녀석이었다.

하지만—.

"착각하지 마. 고민 같은 건 없어."

"으음, 죄송합니다. 다른 말이 떠오르질 않아서……. 하하하."

올가는 아마도 내가 치유마법을 사용한 훈련법을 고안한 이야기를 했을 때를 말하는 것이리라.

"신경 쓰인 건 정말이에요. 하지만 그게 뭔지는 저도 모르겠어요. 단장님이 말씀하신 과거에 관해서인지, 혹은 새로운 단원인 나크 군에 관해서인지……. 아무래도 오늘 단장님은 평소와 조금 다른 것 같았어요."

"……."

조금 다르다, 라…….

확실히 그렇겠지.

"그래서 너는 그 이유를 알고 싶은 건가."

"알고 싶다기보다…… 가능하다면 이야기 상대가 되어 드리고 싶었던 거죠."

"하! 재미있는 말을 한다니까."

"그러네요…… 제가 말했지만 조금 과하게 용기를 낸 것 같아요."

……여흥으로는 괜찮을 것이다.

나는 창문 쪽으로 시선을 보냈다.

창밖의 어두운 풍경 속에 점점이 빛나는 성의 불빛이 보였다.

그 풍경에서 시선을 떼지 않으며 천천히 입을 열었다.

"오늘부로 구명단의 단원은 열 명이 됐어."

"네."

단원이 늘어난 것은 틀림없이 기쁜 일이다.

"용사 소환에 휘말린 애송이, 그 애송이가 주워 온 마족 꼬맹이. 그리고 오늘, 애송이가 단련시켰다는 꼬마까지 구명단에 들어왔지. 정말로 그 녀석은 화제를 몰고 다닌다니까."

"하하하, 우사토 군은 하는 일이 전부 기발하니까요."

나쁘게 말하자면 막무가내 행동이라고도 할 수 있었다.

지금은 그래도 괜찮다.

풋내기답게 내달리는 것만 생각하다가 벽에 부딪히면 된다. 그것이 성장할 계기가 될 테고, 거기서 꺾일 듯하면 내가 자극을 주면 된다.

"단장님이 보시기에 나크 군은 어땠나요?"

"성장 중이지. 기본은 만들어져 있지만 몇 가지 문제를 안고 있어."

"문제요?"

고개를 갸우뚱하는 올가에게 우사토가 쓴 소개장을 건넸다.

그것을 훑어본 올가는 소개장에 적힌 한 문장을 보고 얼굴을 찡그렸다.

"한때는 다른 사람에게 치유마법을 행사할 수 없었다……? 로즈 씨, 이건……."

"아마도 정신적인 문제였겠지. 지금은 쓸 수 있게 된 것 같지만, 완전히 원래대로 돌아오지는 않은 모양이야."

"어떻게 하실 건가요?"

"이건 그저 익숙해지게 하면 돼."

지금은 정신적인 문제가 해결되어 다시 타인에게 치유마법을 베풀 수 있게 된 상태일 것이다.

"그리고 또 다른 문제는…… 나크가 아직 열두 살짜리 꼬맹이라는 거지."

"아아, 그는 아직 어린아이니까요……."

"어린애가 구명단의 훈련을 받아 봤자 몸이 망가질 뿐이야. 섣불리 과하게 단련하면 몸의 성장을 방해할 가능성도 있어."

나는 운 좋게 그렇게 되지 않았으나, 무리한 훈련으로 뼈가 뒤틀려 몸의 성장이 멈추는 사태가 일어난다면 강해지기 이전에 문제가 될 것이다.

내 말에 올가가 감탄했다.

"의외로 신경을 쓰고 계시군요……."

"당연하지. 무리한 훈련으로 몸을 망가뜨리는 모습을 가만히 보고 있을 만큼 나는 악마가 아니야."

"우사토 군에게는 엄격하셨던 것 같은데요……."

"그 녀석은 별개야."

우사토의 정신은 결코 꺾이지 않고 누구에게도 굴복하지 않는다.

그것은 녀석의 훈련을 가까이에서 본 내가 가장 잘 이해하고 있었다.

"그렇기에 닮았어."

"……?"

그 중얼거림에 올가가 멍해졌다.

"로즈 씨와 비슷하다는 건가요?"

"하! 재미있는 농담이군."

"……어, 어라?"

그 예상이 빗나갔다는 얼굴은 뭐야.

올가가 곤혹스러워하든 말든 나는 이어서 말을 자아냈다.

"내 예전 부하를 빼닮았다는 말이야."

"예전, 부하? 그건…… 알렉이나 미르가 아니라……."

"그보다도 예전 부하."

그 말을 듣고 내가 누구를 가리키고 있는지 이해한 올가가 표정을 경직시켰다.

당연했다. 올가는 내가 링글 왕국의 기사로서 나라를 위해 일하던 때의 모습을 알고 있었다.

"그런, 가요. 단장님이 보시기에 우사토 군은 닮았나요……."

"전부 닮지는 않았지만 말이지. 하지만 겹쳐 보기에는 충분할 만큼 그 녀석은 성장했어."

빌어먹게 건방지고, 예의를 모르고, 그러면서 이상하게 잘 따른다.

그런 부분이 많이 닮았다.

부하를 떠올릴 때마다 나는 자신을 단속한다.

두 번 다시 그런 실수는 저지르지 않겠다.

두 번 다시, 구할 수 있었을 목숨을 손에서 놓지 않겠다.

나는 그 녀석들의 얼굴을 절대로 잊지 않기 위해 이 몸이 썩어 없어질 때까지 나의 죄이자 벌이라고도 할 수 있는 과거를 품고 가겠다고 맹세했다.

"좋은 기회군. 내 부하 이야기를 할까."

"……괜찮나요? 단장님에게 괴로운 이야기일 텐데……."

"넌 바보냐? 그런 과거에 짓눌릴 만큼 나는 나약하지 않아. 오히려 과거를 잊고 이야기조차 못하는 편이 한심한 거지."

자신이 저지른 죄를 잊는 것은 허락되지 않는다.

하지만 그 이상으로 허락되지 않는 것은 눈을 돌리는 일이다.

눈을 감고, 귀를 막고, 자신의 허물을 무시한 채 살아간다면 죽은 것이나 다름없다.

그렇기에 나는 확고하게 자신의 꺼림칙한 과거를 이야기한다.

"지금부터 할 이야기는 5년 전…… 마왕군이 쳐들어오기 3년 전의 이야기로, 이 구명단이 만들어지기 1년 전의 이야기야."

"5년 전……."

신묘하게 고개를 끄덕인 올가에게서 시선을 돌려 창밖에 뜬 달을 보았다.

이제는 그리운 기억이었다.

비극의 연속인 것 같았던 어두운 기억이지만, 그래도 내가 신뢰하며, 나를 신뢰하던 부하들과의 하루하루는 빛나는 기억이기도 했다.

이것은 『대대장 로즈』였던 내가 어떻게 『구명단의 로즈』가 되었는가에 관한 이야기다.

***

대대장.

그 직함을 로이드 님께 받았을 때는 묘한 짐이 늘어났다고 내심 넌더리를 냈다.

대대, 중대, 소대를 지휘하는 지위는 내게 맞지 않는다고 생각했기 때문이다.

하지만 다름 아닌 로이드 님이 나를 신뢰하여 그 지위를 주셨으니, 그에 부응하기 위해 이 힘을 쓰는 것에는 아무런 망설임도 없었다.

내 인생은 열두 살 때 바뀌었다.

그랜드 혼 단독 격파. 분노가 이끄는 대로 돌진한 결과였지만, 그래도 그 성과는 한층 더한 강함을 추구하는 이유로서는 충분했다.

평화로워진 마을에서 기쁨에 잠기지 않고 나는 혼자 단련을 계속했다.

열다섯 살이 됐을 무렵에는 부모님에게만 알리고 홀로 여행을 떠나 한층 더한 강함의 형태를 모색했다. 그 끝에 링글 왕국에 흘러들었다.

나는 내 힘을 시험하고자 링글 왕국의 기사에게 결투를 청했다.

무슨 생각이 있었던 것은 아니다. 그저 내 힘이 왕국 기사를 상대로 얼마나 통용되는지를 알고 싶었다. 그뿐이었다.

하지만 내가 생각한 것 이상으로 나는 너무 강해졌다.

누구도 내게 공격을 맞추지 못한 채 쓰러졌다. 그들의 힘이 약한 것은 아니었다. 오히려 여행 도중에 방문했던 타국의 기사보다 숙련도도 높았고 연계도 잘 되는 우수한 기사가 많았다.

그런 그들조차도 간단히 압도해 버렸다.

마음에 구멍이 뚫린 것처럼 허무했지만, 그런 내게 링글 왕국의 왕, 로이드 블루가스트 링글 님은 이런 말을 건네셨다.

『갈 곳 없는 힘이라면 폭력이 아니라 백성을 위해 써 주지 않겠나.』

처음에는 허울 좋은 말이라고, 이상론이라고 비웃었지만, 링글 왕국에 사는 사람들과 접하면서 어느새 내 속에 그 말이 크게 자리 잡았다.

그리고 어느 날, 나는 자각했다.

나는 힘을 쓸 『상대』를 찾던 것이 아니라, 힘을 써야 할 『이유』를 찾고 있었다고.

그 생각에 이른 나는 링글 왕국의 기사단에 들어갔다.

그 후로 나는 기사로서 임무를 수행하며 왕국을 위해 일했다.

점차 지위도 올라갔고, 내가 지휘하는 부대의 단원도 내 눈으로 확인하며 만들어 나갔다.

백성을 괴롭히는 마물을 그 녀석들과 함께 토벌하고, 때로는 굶주림에 시달리는 마을에 식량이나 물자를 전하며 왕국의 백성을 위해 진력했다.

그리고 여러 공적을 평가받은 나는 스무 살이라는 젊은 나이에 대대장의 지위에 오르게 되었다.

***

“이렇게 갑자기 모두를 불러내서 미안하군.”

대대장이 된 지 반년이 지났을 무렵, 로이드 님이 장군과 중대장 이상의 기사들을 알현실로 부르셨다. 어지간한 이상 사태가 아닌 한, 군대를 통괄하는 장군만 불러서 끝낼 테니 아무래도 뭔가 문제가 일어난 것 같았다.

“최근 평원 근처에서 마족으로 추정되는 모습을 목격한 자가 있네. 그것도 한두 번이 아니라 빈번하게 보인다는 모양이야. 다행히 그자들이 마족에게 습격받는 일은 없었지만, 언제 피해가 생길지 알 수 없네.”

마족인가.

일찍이 마왕령(領)이라고 불렸던 토지에 사는, 머리에 난 뿔과 갈색 피부가 특징인 종족.

녀석들이 왜 인간이 사는 곳 근처에 왔는지 이유는 알 수 없으나…… 아무래도 수상쩍었다.

"혹시 모르니 평원 근처를 지나는 상인에게는 호위를 붙이겠네. 지휘는 장군에게 일임하지만, 만약 마족과 맞닥뜨리게 되더라도 절대 정면으로 싸우려 들지 말게. 마족은 인간을 웃도는 힘을 가진 종족이야. 어중간한 각오로 덤빈다면 목숨을 잃겠지. 가급적 싸움을 피하도록."

소심한 발언이라고도 생각할 수 있지만 로이드 님의 말씀은 옳았다.

나라면 몰라도, 평범한 기사는 마족과 일대일로 붙어서 이기기 어렵다. 그만큼 신체 능력의 차이는 절망적이었다.

마지막으로 로이드 님은 마족에 대한 대책과 주의를 당부하고 해산을 명하셨다.

모여 있던 자들이 순서대로 알현실을 뒤로했다.

조금 전에 로이드 님이 하신 이야기를 생각하며 한동안 그 자리에 서 있으니 누군가가 옆에서 말을 걸어왔다.

"어떻게 보나? 로즈."

"응? 마족의 움직임 말인가?"

"그래. 마족과 교전 경험이 있는 네 의견을 듣고 싶군."

대대장 시구르스.

나이는 나보다 열 살쯤 많지만 나를 성실하게 대등한 자로서 대해 주는 남자였다.

나는 어쩔 도리가 없다는 듯 손을 들었다.

"전혀 모르겠어. 애초에 자기 영토에서 나오는 녀석들의 마음을 어떻게 이해하겠어."

"음, 확실히……."

알현실에 있던 사람들이 대부분 빠져나갔기에 나도 퇴실하고자 걷기 시작했다.

고민스럽게 끙끙거리며 나란히 걷는 시구르스에게 이어서 말했다.

"생각할 수 있는 건 침략밖에 없어."

"말도 안 돼. 이제 와서 침략이라고?"

"확실한 건 모르지. 그럴 가능성도 있다는 얘기야."

"가능성이 전혀 없진 않아. 하지만 마왕이 없는 지금의 마족에게 그럴 만한 힘이 있을까……."

그렇다. 가능성이 없지는 않았다.

먼 옛날, 마족에게 힘이 있었던 것은 지도자인 마왕이 있었기 때문이다. 그 마왕을 용사가 쓰러뜨린 뒤로 인간과 마족의 싸움은 일단 끝을 맞이했다.

그러나 그뿐이었다.

싸움은 끝났어도 마족이 멸망한 것은 아니었다.

녀석들이 존재하는 한, 전쟁이 터질 가능성은 제로가 아니었다.

"그 가능성도 생각해 두는 편이 좋겠어. 언제든 부대를 편성할 수 있도록 해 둘까……."

"헛수고가 될지도 몰라."

"헛수고가 되는 편이 좋지. 하지만 걱정하던 가능성이 현실이 됐을 때, 동요하지 않고 움직일 수 있도록 준비해 둬야 해."

"변함없이 고지식한 녀석이라니까."

"다 들려."

들으라고 말한 거라고 내뱉고서 알현실 문 앞에서 시구르스와 헤어졌다.

그나저나 마족인가…….

단순한 소동으로 끝난다면 이쪽도 편하겠지만, 일단 시구르스가 말한 대로 언제든 움직일 수 있게 준비해 두는 편이 좋겠지.

"대장님~."

하지만 우선은 정보부터 모아야 해.

내 쪽에서 부대를 수배할까? 아니야, 그건 이미 장군이 하고 있을 거야.

"어~이, 대장~."

그럼 내가 할 일은 한정되어 있겠군.

일단은…….

"저기요, 대장님."

"아까부터 시끄러워."

"으이익?!"

내 주먹이 옆에 있는 소녀를 직격하자 소녀는 그 자리에 웅크리더니 아픔에 몸부림쳤다.

어린 티가 남은 얼굴과 검은색에 가까운 보라색 머리카락이 인상

적인 쾌활해 보이는 소녀는 주먹에 맞은 머리를 누르며 이쪽을 노려보았다.

"머, 머리가 깨지면 어쩔 뻔했어요?! 당신은 진짜 괴력이라 죽을 수도 있다고요!"

"시끄러워, 알 게 뭐야. 사람이 생각을 정리하고 있을 때는 조용히 해."

"윽, 상사가 너무 귀축이야……."

소녀는 벌떡 일어나 먼저 걸음을 옮긴 내 뒤를 따라왔다.

나이는 열여덟이고 키는 평범한 소녀와 다를 바 없지만, 이런 녀석이 내 직할 부대의 부대장이니 놀라운 일이었다.

"아울, 좀 더 조용해질 수는 없는 거냐?"

"그, 그게 제 성격인걸요……."

"하아……."

또 맞기는 싫었는지 뒷걸음질 치며 그렇게 대답하는 아울을 보니 한숨이 나왔다.

"그보다 이번 이야기요. 위험하지 않아요? 설마 마족이 나올 줄이야……."

"……."

"대장님? 끄엑?!"

"기밀을 엿듣지 마."

두 번째 주먹을 맞고 아울은 또다시 머리를 감쌌다.

이 녀석은 아무렇지도 않게 규칙을 어긴다.

그런 면도 고려해서 내 부대에 들였지만, 이런 어린애 같은 버릇은 고쳐지지 않았다.

이건 그냥 타고난 천성이라고 포기할 수밖에 없다.

"으, 으으, 죄송합니다. 하, 하지만 마족이 활동하고 있다면 저희도 움직이는 건가요?"

"그럴 가능성도 있지. 하지만 지금은 아니야."

부대를 움직이려면 명령이 필요하다.

멋대로 행동하여 파란을 일으켜서는 안 된다.

"근데 진짜 뭐 하러 온 걸까요."

"좋지 않은 일이라는 건 확실하지. 숨어서 몰래 돌아다니는 것도 이유가 있을 거야."

다른 아인(亞人)과는 달리 마족은 명확하게 인간과 적대 관계에 있었다. 그런 녀석들이 숨어서 뭔가를 하고 있다면 우리에게 해가 되는 일을 벌이고 있을 가능성이 크다.

"으음~ 뭐, 녀석들이 움직이더라도 저희가 나가서 쫓아내면 그만이지만요."

"자만하지 마, 아울. 얕잡아 봤다가 죽을 수도 있어."

"알고 있어요. 진짜 그 점은 대장님한테 물리적으로 주입받았으니까요……."

아울은 그렇게 말하고서 머리를 감싸고 뒷걸음질 쳤다.

나는 몇 번째인지 모를 한숨을 쉬었다.

기고만장해진 것은 아니겠지만, 아울을 포함해 부하 전원에게 조금 엄격하게 굴기로 할까…….

비상시에 실수라도 하면 안 되니 말이지.

"앞으로 어떻게 하실 거예요?"

"조금 전의 발언으로 네가 해이해졌다는 걸 알았으니 오후에는 너희의 훈련을 봐주지."

"으엑?! 괘, 괜찮습니다. 그, 그 왜! 대장님은 대대장이 되고 바쁘시잖아요! 몸만 움직인다고 되는 일이 아니잖아요? 괜히 저희 때문에 대장님의 일을 방해하고 싶지 않습니다!"

"신경 써 주는 거냐? 걱정하지 마. 이미 다 끝냈어."

"아, 이거 모두에게 얻어맞을 상황인데…… 아, 아하하……."

아울은 건조하게 웃은 후 울적하게 고개를 숙였다.

그런 그녀를 본 나는 스스로 생각하기에도 심술궂게 웃으며 성의 통로를 나아갔다.

***

옛 동료에 관해 이야기하는 로즈 씨의 표정은 어딘가 즐거워 보였다.

나도, 알렉 일행도 모르는 그녀의 과거.

아니, 대대장이라는 화려한 경력을 가진 그녀의 이야기라면 우리도 알고 있지만, 그녀의 옛 부하들이 어떤 사람들이었는지는 알 길이 없었다.

"아울은 한결같이 밝은 녀석이었어. 어떤 상황에서도 부대의 정신적인 지주가 되었지. 그만큼 말수도 많고 시끄러운 녀석이었지만."

너무한 평가처럼도 들리지만, 그 어조는 평소의 로즈 씨와 비교하면 대단히 온화했다.

"로즈 씨가 이끌던 부대는 주로 어떤 일을 했나요?"

"링글 왕국 주변의 위험한 마물을 배제하고 도적을 포박하는 일. 뭐, 그것뿐이라면 평범한 기사도 충분히 할 수 있는 임무지만 내 부대는 달랐어."

"다르다뇨?"

"규모와 위험도가 차원이 달랐지. 마물이라고 해도 근처에서 흔히 볼 수 있는 잔챙이가 아니라 마소가 짙은 곳에 생식하는 위험한 녀석들이었어. 도적도 두세 명이서 움직이는 녀석들이 아니라 어느 정도 수가 갖춰진 성가신 녀석들이었고. 그런 녀석들을 신속하면서도 적은 피해를 내며 포박하는 게 우리였어."

"……."

로즈 씨의 직할 부대는 일곱 명 정도밖에 없었을 텐데?

그렇다면 당시 그녀와 부대원들은 터무니없는 일을 했던 것이다.

마소가 짙은 곳에 사는 마물은 흉포한 개체가 많다.

도적도 수가 갖춰지면 상당히 위험했다.

"평범한 기사는 할 수 없는 임무를 나랑 부하들은 달성했어. 인간의 영역에 발을 들인 마족과도 몇 번 교전했고."

"굉장하네요……."

"도적이나 마물보다도 바보들을 교정하는 게 훨씬 고생스러웠지만 말이지."

"바, 바보들……?"

"내 부하들은 전부 문제아였거든. 뭐, 그런 녀석들을 일부러 모아서 내 부하로 두고 갱생시킨 거지만."

구명단의 방식은 그 무렵부터 존재했던 건가.

확실히 나도 처음 입단했을 때, 알렉 일행을 족치는 그녀의 모습이 어딘가 익숙해 보인다고 느꼈지만…….

"일부러 모았다는 건…… 로즈 씨가 직접 부대원을 모았다는 건가요?"

"그래. 평범한 기사가 내 부하가 돼도 금방 못 하겠다고 죽는소리를 할 뿐이니까. 기사 중에서 장래성이 있어 보이는 녀석들을 모은 결과, 일곱 명뿐인 소수 정예가 되어 버렸어."

『대대장 로즈』가 만든 부대를 동경하여 입대를 희망하는 자는 결코 적지 않았던 것 같지만…… 그들이 로즈 씨의 훈련을 받고 어떻게 됐을지는…… 물어볼 필요도 없겠지, 응.

"하지만 재미있게도 장래성이 있어 보이는 녀석들은 전부 여간내기가 아니었어."

"구체적으로는 어땠는데요?"

"명령 무시, 독단전행, 상관에 대한 반항적인 태도. 그것만 보면 기사 실격이라고 욕을 들어도 이상하지 않은 녀석들이지만 전부 실력만큼은 확실했어."

"상관 입장에서는 다루기가 매우 힘들겠네요……."

"그렇겠지. 멋대로 돌격하고서 아무렇지도 않게 성과를 올리고 멀쩡히 돌아오는 녀석이라니, 윗사람으로서는 지극히 성가실 거야."

내 말에 로즈 씨는 재미있다는 듯 대답했다.

"나는 그런 녀석들을 나이나 성별과 관계없이 모았어. 처음에는 녀석들도 나를 우습게 여겼지만…… 며칠 훈련을 봐주니 얌전해졌지."

"다, 단장님답네요…… 하하하."

그때의 부하들은 분명 지독한 훈련을 받았겠지.

"그렇게 만들어진 것이 내 부대였어. 다른 기사들과 섞이지 못한 녀석들을 모은 부대였지만 전원이 상급의 실력을 가지고 있었지. 그것도 그때까지였지만……."

로즈 씨의 표정에서 온화함이 사라졌다.

나는 마른침을 삼키고 그녀의 다음 말을 기다렸다.

"마물을 격퇴해도, 패거리를 이루어 덤비는 도적을 때려눕혀도, 우리가 인간이라는 점은 변함없어."

로즈 씨의 말은 무거웠다.

"언제부터인가 링글 왕국 최강의 부대라고 불리게 된 우리는 로이드 님께 어떤 임무를 받았지."

"임무……?"

수많은 위업을 달성한 로즈 씨의 부대에 하달된 임무……. 분명 평범하지는 않았으리라.

"……그때부터야."

"네?"

"그때부터 나의, 그리고 그 녀석들의 끝이 시작됐어."

로즈 씨는 이쪽으로 시선을 주지 않고 그저 말을 자아낼 뿐이었다.

"그 녀석들은 나를 신뢰했고, 나는 그 녀석들을 신뢰했어. 하지만 바로 그 신뢰가 우리의 약점이 될 줄은 그때는 생각도 못했지."

로즈 씨는 이야기했다.

그 비극의 시작과 그녀를 지금도 괴롭히고 있는 죄의 기억을…….

제3부 부대장 아울

로이드 님께서 우리에게 특명을 내리셨다.

링글 왕국에서 떨어진 곳에 있는 마물이 사는 숲, 통칭 『링글의 어둠』에서 목격된 마족을 조사하는 것이었다.

맨 처음 로이드 님께서 마족에 대해 경고하고 일주일 뒤, 서른 명쯤 되는 마족이 마물을 습격하고 있다는 기묘한 정보가 새롭게 판명되었다.

이해할 수 없는 마족의 행동.

그러나 그 탓에 일부 카라반이 링글 왕국을 방문하길 거부하는 사태가 벌어졌고, 로이드 님은 마족과 교전한 경험이 있는 나와 부하들에게 임무를 내리게 된 것이다.

"그렇게 된 거다만, 뭔가 질문 있나?"

링글 왕국의 성 근처에 있는 숲에 내 직할 부대의 숙소가 존재했다.

나를 포함한 여덟 명을 여유롭게 수용하는 넓은 식당에서, 나는 성에서 받은 서류를 들고 아까 설명 받은 임무의 상세한 내용을 부하들에게 이야기했다.

설명이 끝나고 부하들을 바라보자 각각의 눈에 의욕이 충만했다.

"간단히 말하자면 마족의 동향을 조사하고 가능할 시 격퇴하라는 거시. 하지만 마족의 추정 인원은 서른 명이야. 만일에 대비해 만전을 기하여 링글의 어둠으로 출발할 거다."

부하들이 내 말에 맞춰 씩씩하게 대답했다.

그 후 출발 일시와 장비, 역할 분담에 관해 각 부하들에게 지시를 내렸다.

모든 지시를 끝내자 제일 앞에 서 있던 아울이 최초로 입을 열었다.

"기합을 넣어서 가야겠네요. 다들 방심하지 말고 준비해."

아울이 턱에 손을 대고서 뒤에 있는 대원들에게 말하자 대원들이 아울을 발로 찼다.

으악! 한심한 소리와 함께 내 앞으로 넘어지는 아울을 보고 또 이러는구나 싶어서 한숨이 나왔다.

"아파?! 뭐 하는 거야, 상관에게 폭력이라니!"

"뭐? 방심하지 마?"

"너 때문에 일주일간 대장의 지옥훈련을 받았다고!"

"우리를 끌어들이고 말이야!"

아무래도 내가 훈련시킨 이유가 아울 때문임을 알게 된 대원들이 난리를 피우는 것 같았다.

평소와 다름없는 풍경이니 내버려 둬도 문제없을 것이다.

바닥에 주저앉은 아울은 허둥거리며 떨리는 목소리로 말했다.

"엇, 아니, 그건, 그게…… 맞아! 내가 보기에도 최근 다들 해이해져 있었으니까! 부대장으로서 주는 선물……이라고 할까?"

"""웃기지 마!"""

"으악?! 대장님! 우리 부대 내에서 음습한 괴롭힘이 이루어지려고 해요! 말려 주세요!"

"알 게 뭐야."

"무자비해!"

요란하게 소란을 피우는 바보들을 무시한 나는 근처 의자에 앉았다.

명령이 떨어졌으니 나도 진지하게 임해야 했다.

이번만큼은 거듭 조심하며 내가 앞에 나서서 싸워야겠지.

자료를 훑어보며 그런 생각을 하고 있으니 테이블 위에 검은 그림자가 올라오는 것이 보여 자료를 넘기던 손을 멈췄다.

"쿠쿠루인가."

"뀨."

검은 털을 지닌 마물, 누아르래빗 쿠쿠루.

내가 혼자 여행할 때 애완동물로 키우던 마물이지만, 지금은 좋은 파트너라고 할 수 있었다.

누아르래빗인 쿠쿠루의 탐지 능력은 마물 중에서도 제일이었다.

"이번 임무에 이 녀석을 데려갈까……."

쿠쿠루를 데려가면 최단 시간에 마족들을 찾을 수 있겠지만…….

"아냐, 이번만큼은 너무 위험해."

정보에 의하면 마족 녀석들은 마물을 사냥하고 있다.

쿠쿠루도 노려질 가능성이 있으니 데려가지 않는 편이 좋을 것이다.

그런 생각을 하며 테이블 위에서 털을 고르고 있는 쿠쿠루를 쓰다듬고 있는데 옷이 지저분해진 아울이 울며 내게 매달렸다.

"대장님~ 저 녀석들이 부대장인 저를 이렇게 만들었어요……."

"다들 잘 들어. 이번 임무는 내가 앞장선다. 너희에게는 원호를 맡기게 될지도 몰라."

"무시?!"

충격 받은 아울을 무시한 나는 방금 정한 작전을 즉각 부하들에게 이야기했다.

그것을 들은 부하들은 각각 고양된 모습으로 웃었다.

"귀신 같은 대대장님이 함께 싸운다면 우리에게 적은 없죠!"

"무슨 일이 생기더라도 치유마법사인 대장님이 계시면 문제없지!"

"……하아, 어쩔 수 없는 녀석들이야."

원래는 방심하지 말라고 호통쳐야겠지만, 괜찮게 사기가 오른 모습이니 지금은 넘어가기로 할까.

확실히 내가 전선에 나서면 다친 자도 즉각 고칠 수 있다.

그리고 상처를 고칠 수 있는 내가 있기에 부하들도 있는 힘껏 전투에 임할 수 있다.

어떤 의미에서 이상적인 연계였다.

확실한 신뢰에서 생겨나는 힘. 그것은 누구도 돌파할 수 없는 무적의 진형이 되어 온갖 적대 세력을 타도하는 힘을 발휘한다.

신뢰하고 신뢰받는 관계에 편안함을 느끼며, 다시 떠들기 시작한 부하들의 일상적인 풍경을 쿠쿠루와 함께 바라보았다.

***

링글의 어둠으로 출발한 것은 이른 아침이었다.

해가 떠 있는 동안 링글의 어둠 근처에 베이스캠프를 차리고 거점을 만든 우리는 내일 있을 마족 수색에 대비해 무기를 점검하고 임무 내용을 확인했다.

수색 개시는 내일 새벽.

하루 이틀 만에 찾을 수는 없을 테니 확실하게 준비하고 수색에 임한다.

그리고 밤이 되어 준비를 끝냈음을 확인한 나는 먼저 부하들을 재우고 교대 시간까지 불침번을 섰다.

"……준비는 확실해. 이제 마족을 찾기만 하면 돼."

밤하늘을 올려다보며 그렇게 중얼거린 나는 나뭇가지를 모닥불에 던지고 고요히 잠든 부하들을 보았다.

마족과 조우할지도 모르는데 놀라우리만큼 태평하게 자고 있는 부하들이 어이없어서 웃음이 나왔다.

"천하태평이군."

아니, 이런 부분도 이 녀석들의 장점이겠지.

어느 때든 동요하지 않고 자기 자신을 유지할 수 있다. 그런 면도 이 녀석들을 대원으로 고른 이유 중 하나였다.

뭐, 그것이 너무 현저한 것도 결점이라고 할 수 있지만, 그것을 눈감아 주고 잘 이용하는 것도 상관이 할 일이었다.

다시 한 번 모닥불에 나뭇가지를 던져 넣자 가지가 타닥타닥 튀며 작은 불똥이 어둠을 밝혔다.

"그래, 아까부터 혼자 못 쉬고 있는 녀석이 있는 것 같다만…… 내가 손수 재워 줄까?"

자고 있는 대원들 쪽으로 그렇게 말해도 반응은 돌아오지 않았다.

어쩔 수 없다 싶어서 몸을 일으키려고 하자 당황한 목소리와 함께 대원 중 한 명이 일어났다.

"어, 어떻게 깨어 있는 걸 아시는 거예요……."

뻗친 머리를 정돈하며 일어난 대원, 아울은 어색한 얼굴로 내가 있는 모닥불 근처까지 걸어왔다.

나는 아울에게서 모닥불로 시선을 되돌리고 그녀의 질문에 짧게 대답했다.

"감이다."

"감이라니, 무서워……."

아울은 다리를 끌어안으며 자리에 앉았다.

아직 교대 시간은 되지 않았다.

이 시간이 될 때까지 자는 척을 하며 나와 둘이 이야기하기를 기다렸다면 뭔가 이유가 있을 것이다.

물론 내 쪽에서 물어볼 생각은 없지만.

"……."

"……."

그대로 몇 분쯤 침묵이 이어졌다.

모닥불이 타오르는 소리만이 울리는 가운데, 불현듯 아울이 무겁게 입을 열었다.

"대장님은 어째서 저를 부대장으로 고르셨나요?"

"뭐?"

갑작스러운 질문에 나는 의아한 표정을 지었다.

부대장으로 고른 이유? 이 녀석은 그런 걸로 고민하고 있었던 건가.

"왜 그런 게 궁금하지?"

"모두가 모여 있는 가운데 망설이지 않고 저를 부대장으로 지명하셨잖아요. 망설임이 없었다기보다는 대충 『오늘부터 네가 부대장이다』라는 느낌이었지만. 그때 너무 놀라서 기절할 뻔했어요……."

"……그냥 정한 건데."

"그냥?! 그런 가벼운 기분으로 저는 부대장에 임명된 건가요?!"

이렇다 할 이유는 없었다.

부대원들을 족치는 과정에서 맡겨도 괜찮겠다 싶었던 녀석이 이 녀석이었을 뿐이다.

강함이나 상관으로서 지녀야 할 자질 따위는 도외시했다.

"제 입으로 말하기도 뭐하지만 저는 부대 안에서 꽤 평범하잖아요. 아직 10대고, 특출한 부분도 없고…… 그렇다면 어느 정도 기사로서 오랜 경험이 있는 사람을 부대장으로 삼는 편이 좋지 않나요……?"

"즉, 부대를 아우를 자격이 너한테는 없다는 건가?"

"……네."

귀찮은 녀석이다.

고민하는 아울을 보고 나는 그런 생각을 했다.

중대한 임무를 앞둔 밤에 할 말은 아니었다.

그보다 왜 이제 와서 이런 질문을 하는 거지? 부대장을 맡긴 지 이미 1년이 넘었다.

내가 노골적으로 얼굴을 찌푸리고 있음을 깨달은 아울은 시선을 피했다.

"그, 그치만, 기본적으로 우리 부대는 대장님이 지휘하시잖아요. 부대장의 역할이라고 해 봤자 보고서 작성이나 무기 신청 정도밖에…… 아, 곰곰이 생각해 보니까 이거 잡일꾼 같지 않아요?"

"바보야, 그게 부대장의 일이야."

"거의 잡일꾼이잖아요?!"

"누군가가 해야 하는 일을 하고 있는 거야. 좋잖아. 남들 위에 서는 자로서 가져야 할 올바른 자세지."

"으, 으윽, 전혀 납득할 수 없는데요……."

분한 얼굴로 이를 악무는 아울을 보니 웃음이 났다.

대대장이 된 지금, 부대의 사무 업무까지 돌볼 시간은 없었다.

내가 없어도 부대가 기능하도록 최근 반년간 아울에게 돌리는 서류 업무를 늘렸는데, 설마 의식하지 못한 채 소화하고 있을 줄은 몰랐다.

"너는 눈치채지 못한 것 같지만, 내가 대대장이 되고 나서 부대장인 네 일이 꽤 늘어났을 거야. 특히 보고서 같은 사무 쪽 업무가 말이지."

"뭔가 최근 묘하게 많다 싶더니 대장님이 꾸민 일이었군요……."

"일부러 말 안 했어. 반년간 내게 잘못된 보고가 올라오지 않았다는 건 너도 여차여차 잘하고 있다는 뜻이지."

"수, 순순히 기뻐할 수 없는데요……."

알아차리지 못한 건 그저 이 녀석의 눈치가 부족하기 때문이다.

하지만 확실하게 늘어난 사무 업무를 문제없이 처리한 것은 이 녀석의 수완이기도 했다.

"좋은 경향이야. 언젠가는 너한테 대장 자리를 물려주는 것도 괜찮겠어."

"……네?"

내 말뜻을 이해하지 못했는지 아울은 입을 벌린 채 고개를 갸웃했다.

"왜 거기서 얼떨떨해하는 거야?"

"엇, 아뇨, 제가 대장이라니……."

"당연한 거 아니야? 나도 대대장이 됐고, 언제까지 한 부대의 대장으로 있을 수는 없어. 언젠가는 지금 이 대장 자리를 부대장인 너한테 물려주고 부대 지휘를 맡기게 되겠지."

"아뇨, 아뇨아뇨아뇨! 무리예요! 무리라고요! 저 같은 게 지휘하면 출발하는 순간 내분이 일어날 거예요!"

"너는 자기 동료를 뭐라고 생각하는 거야."

손을 열심히 휘저으며 힘껏 부정하는 아울의 표정은 필사적이었다.

"그, 그치만! 대장님의 부대에 들어오기 전에는 다들 성난 말을 능가하는 폭주 기사였는걸요! 그런 대원들이 여태껏 폭주하지 않을 수 있었던 건 대장님이 계셨기 때문이에요. 그랬는데…… 대장님이 사라지면 어떻게 될지……. 일단 부대장인 저를 때려눕힐 게 뻔해요!"

"좋아, 알았다. 너한테 필요한 건 동료를 믿는 거로군."

농담인지 진담인지 알 수 없으나 묘하게 필사적이었다.

내가 대장을 그만두는 것이 그렇게 싫은가?

……아니, 그건 자만이겠지.

"시끄럽게 난리 피우지 마. 부모 품을 못 벗어나는 어린애도 아니고."

"하지만 우리의 대장은 대장님밖에 없다는 생각이 드는걸요……."

"그거야말로 안 될 일이지."

입장이 바뀌면 환경이 바뀐다.

대대장은 하나의 부대가 아닌 많은 부대를 지휘하는 입장이다.

아울이 속한 부대는 어디까지나 직할, 나의 수족과 같은 부대다.

"내가 대장이 아니게 되더라도 부대 자체가 사라지는 건 아니야. 그저 우두머리가 너로 바뀔 뿐인 거지."

"그러니까 그게 싫다는 거잖아요."

"책임을 짊어지기 싫은가?"

"……아니에요."

그렇겠지. 내가 물어봐 놓고 그렇게 생각했다.

아울을 포함한 대원들에게 『책임』이라는 말은 가장 거리가 먼 단어였다. 그들은 링글 왕국이 아니라 자신들을 위해 임무에 임하고 있었다.

"책임 같은 건 느끼지도 않고 있어요. 제가 싫은 건 지금 이 부대에서 대장님이 사라지는 거예요."

"……."

"분명히 말하자면 저는 자타공인 고집불통이에요. 마음에 들지 않는 명령에는 절대 따르지 않고, 하자고 마음먹은 일은 오기로라도 해요. 자신이 옳다고 생각되면 설령 주위에서 부정하더라도 밀어붙여요."

"그건 알고 있어."

그 고집스러움을 높이 사서 내 부대에 넣은 것인데 이 녀석은 대체 무슨 소리를 하는 걸까?

"누구도 나를 굴복시킬 수 없다. 결과만 제대로 내면 아무도 불평할 수 없다. 불평하더라도 폭력으로 조용히 만들 수 있다. 그렇게 생각하며 기사 일을 하던 제 앞에 대장님이 나타났어요."

"그래."

그 무렵에는 링글 왕국에서 문제가 될 정도였으니까.

『누구의 명령에도 따르지 않는 기사가 있다.』

장군이 아울의 기사 신분을 박탈하기 직전에 내가 이 녀석을 내 부대에 넣겠다고 청한 것이 지금도 기억에 생생했다.

“처음 대장님을 만났을 때는 여태까지 그랬던 것처럼 마음에 들지 않는 명령은 무시할 생각이었어요. 여태껏 나를 마음대로 움직인 사람은 한 명도 없었다. 그건 앞으로도 변함없다. ……그런 안이한 생각은 순식간에 와장창 깨져 버렸지만요.”

나와 처음 만났을 때를 떠올리고 있는지 아울은 쓰게 웃었다.

“대장님 앞에서는 지금까지의 상식도, 폭력도 전부 의미가 없었어요. 거역하면 얻어맞고, 도망치면 국외까지 쫓아와 붙잡히고. 덤벼들었을 때는 전후 기억이 날아갈 만한 주먹을 맞고 기절했었죠.”

“……그렇게 세게 때리진 않았어.”

“하, 하하하, 재, 재미있는 농담이네요.”

아울은 눈에 보이게 동요를 내비쳤으나 곧장 평정을 되찾고 이야기를 계속했다.

“그때 저는 절대 당신 따위에게 지지 않겠다고, 그 어떤 고통스러운 훈련도 극복해서 한 방 먹여 주겠다고 생각했어요. 저는 원체 지는 걸 싫어하잖아요.”

확실히 중간부터 이상하게 의욕적으로 훈련에 임했었지.

그 의욕은 반골 정신에서 나온 것이겠지만 내게는 그것이 재미있었다.

그때는 나도 이 녀석의 성장을 즐기고 있었지…….

"정말로, 터무니없었어요."

"그렇게 대단한 일은 안 했어."

신묘하게 이야기하는 아울을 보고 나는 난처하게 뺨을 긁적였다.

대들기에 교정했다. 내게는 고양이의 재롱과 같았다.

"그야 대장님한테는 대단한 일이 아니었을지도 모르지만……."

"모르지만?"

"끝까지 내치지 않고 저를 봐 준 사람은 처음이었어요. 다들 말을 안 듣는 제게 질려서 포기했는데, 대장님만이 정면으로 부딪쳐 왔어요. 그게…… 당시 제게는 짜증스럽기도 했고, 기뻤어요."

말을 안 들으니 들을 때까지 몇 번이고 되풀이한다.

내가 한 일은 단순하지만, 이 녀석에게는 첫 경험이었을 것이다.

"다들 말은 안 해도 저랑 똑같은 생각을 하고 있을 거예요."

거기서 일단 말을 끊은 아울은 결의가 담긴 눈으로 나를 똑바로 보았다.

"저희의 대장은 당신 외에는 없다고요."

…….

"하아……."

"하, 한숨?!"

"그럼 한숨이 안 나오겠어?"

신뢰받고 있는 것은 좋은 일이다.

나도 기쁘기는 했다. 하지만 그렇다고 해서 자기들을 이끌 수 있는 사람은 나뿐이라고 단언하는 것은 잘못됐다.

천천히 일어나 아울에게 다가간 나는 불안하게 나를 올려다보는 그녀의 이마에 힘을 조절하여 딱밤을 날렸다.

"끄악?!"

"어리광 부리지 마."

이마를 누르며 나가떨어진 아울에게 어이없어하며 나는 이어서 말을 자아냈다.

"결국 네가 하는 말은 부모 품을 떠나지 못하는 어린애의 투정이잖아. 냉큼 독립해."

"끄, 으으으……. 창피함을 무릅쓰고 고백했는데 이런 반응을 돌려주시다니…… 여, 역시 대장님이십니다."

너희의 대장은 나뿐이라고?

그딴 건 네가 멋대로 정한 거잖아.

시도해 보지도 않고서 단정하는 것 자체가 잘못됐다.

"너희의 대장이 될 인물은 내가 고를 거야. 너희를 가장 잘 이해하고 있는 내가, 적합하지 않은 녀석을 대장으로 추천할 것 같아?"

"그, 그건……."

"맨 처음 네가 질문했던, 널 부대장으로 고른 이유도 마찬가지야. 능력도 강함도 관계없어. 네가 부대장에 제격이고, 이 녀석이라면 맡길 수 있겠다고 생각했기에 널 고른 거야."

"……!"

이유는 그냥이었으나 대충 고른 것은 아니었다.

내가 신뢰하고, 확신을 가지고서 고른 것이 이 녀석이었다.

"그리고 너는 부하들이 널 신용하지 않는다고 생각하는 모양인데, 그건 착각이야."

"착각이라뇨. 다들 항상 저를 퍽 치거나 발로 차는 등 상관에게 해선 안 될 폭행을 가하는데요."

"생각해 봐. 기본적으로 누구에게나 무례한 너희가 얌전히 다른 사람 밑에 있을 리가 없잖아."

"말씀이 조금 심하시네요! 하지만 부정할 수 없어요!"

"실제로 네가 아닌 누군가가 부대장이 됐다고 해 보자. 넌 그 녀석을 걷어차지 않을 거라고 단언할 수 있어?"

"예? 단언할 수 있을 리가 없잖아요. 느닷없이 상관 행세를 한다면 그야 당연히 걷어차겠죠."

"분명 다른 녀석들도 너랑 비슷한 말을 하겠지."

"……아?!"

"눈치채는 게 늦어, 바보야."

"흐악?!"

다시 한 번 아울의 이마를 툭 쳤다.

이 녀석, 훈련을 너무 많이 해서 머리에 근육밖에 없는 거 아니야?

이마를 누르며 신음하는 아울에게 어이가 없어진 나는 그 이마에 내 손을 얹었다.

여기서 이 녀석에게 자신감을 주기로 할까.

"아울. 너의 바보처럼 밝은 성격은 어떤 상황에서도 흐려지지 않아. 아마 너를 모르는 인간이 본다면 아무 생각도 없다든가 경박

해 보이는 녀석이라고 평가하겠지."

"진짜 너무한 말에 눈물이 날 것 같은데요?!"

"얘기는 끝까지 들어. 하지만 널 잘 아는 녀석들에게, 어떤 상황에서도 한결같이 앞을 보는 너의 모습은 정신적 지주가 될 만큼 믿음직스러워."

맨 처음 기사로서의 이 녀석을 봤을 때는 평범한 녀석이라고 생각했다.

태평하게 웃으며 홀로 훈련하던 이 녀석의 모습에서는 이상한 구석을 찾아볼 수 없었지만, 뚜껑을 열어 보니 터무니없는 문제아였다.

이 녀석은 자신을 다른 대원과 비교하여 대단하지 않다고 말했으나, 실제로는 가장 이상한 특징이 있었다.

어떤 상황에서도 결코 흔들리지 않는 정신력.

자신이 『하겠다』고 정하면 절대로 주저하지 않는다. 간단히 말하자면 고집불통, 지기 싫어하는 성격이라고도 할 수 있었다.

그것은 위태로운 부분이기도 하지만 좋은 점이기도 했다.

확고하게 자신의 모습을 가진 아울은 그 어떤 가혹한 상황에 떨어져도 흔들리지 않는다. 모두가 비관하는 가운데, 이 녀석만은 앞을 볼 수 있다.

절망하지 않고 오로지 앞을 보며 동료에게 활력을 주는 아울의 정신적인 강함은 매우 보기 드문 것이었다.

앞서 달리며 이끌어 주는 녀석이 있다면 뒤따르는 사람은 안심하고 따라갈 수 있다. 다른 부하들은 그것을 이해하고 있기에 누구도 아울이 부대장인 것에 불평하지 않았다.

……그것을 눈치채지 못한 것은 이 녀석뿐이다.

“요컨대 괜히 고민하는 건 너답지 않다는 거야. 너는 그냥 평소처럼 지내. 그러면 뒤에 있는 녀석들이 멋대로 따라올 거다.”

“멋대로 따라온다…….”

아울은 그 말을 음미하듯 중얼거렸다.

너무 많이 말했나? 아무리 시간이 지나도 손이 가는 부하다.

“하아, 왜 이렇게까지 말을 해 주지 않으면 모르는 걸까.”

“당연히 말해 주지 않으면 모르죠.”

“그런 것치고는 입이 아주 헤벌어진 것 같은데. 한 번 더 이마 때려 줄까?”

“괘, 괘괘괘, 괜찮습니다!”

기분 나쁠 정도로 입꼬리가 올라간 아울을 보고 살짝 짜증이 나 손가락을 딱밤 형태로 만들자, 순식간에 얼굴이 새파래진 아울이 고개를 휘휘 가로저었다.

그 모습에 어이가 없어진 나는 다시 자리에 앉았다.

“변하지 않는 건 존재하지 않아. 무엇이든 언젠가는 변할 수밖에 없어. 그 변화를 받아들이지 못한다면 너는 아무리 시간이 지나도 앞으로 나아갈 수 없어.”

“대장님…….”

“하지만, 설령 변화하더라도 내가 너희의 대장이었다는 사실은 변하지 않아. 그러니까 그렇게 심각하게 끙끙거릴 필요 없어.”

"……네."

아울이 고개를 끄덕였다.

고민 해결인가.

"그럼 불침번을 교대하지. 난 잔다."

"아, 네. 그럼 이어서 제가……."

"그래, 부탁하마. 어이, 너희도 확실하게 자."

"……응? 너희?"

고개를 갸웃한 아울의 말을 무시하고 나는 적당히 누웠다.

내 말을 의문스럽게 여긴 아울이 뒤돌아보니 그곳에는 히죽히죽 웃으며 아울을 보고 있는 부하들이 있었다.

아울이 부대장 운운할 때부터 이미 깨어 있던 것을 일부러 내버려 뒀는데, 지금 아울에게는 좋은 자극이 될 것이다. 아마도.

다른 녀석들의 시선에 새파래진 아울의 얼굴이 이내 새빨개졌다.

"너, 너, 너희, 깨, 깨어……."

"부대장, 난 널 신용하고 있어."

"부대장, 난 네가 싫지 않아."

"부대장, 그렇게 고민하고 있을 줄은 몰랐어. 의외로 섬세했구나."

"웃음을 참으면서 할 말이 아니잖아! 너희, 침낭에서 나와! 마족과 싸우기 전에 너희를 두들겨 패 주겠어!"

시끄럽게 떠드는 아울의 목소리와 부하들의 웃음소리가 어지럽게 오갔다.

나는 상관하지 않고, 시끄럽지만 흐뭇한 부하들의 모습을 시야에 담으며 작게 웃었다.

"후……."

이 부대가 아무리 빛나는 성과를 올렸어도 미숙한 녀석들의 모임이라는 것은 변함없다.

다들 어딘가 비뚤어져서 세상일을 똑바로 받아들이지 못하는 녀석들뿐이다.

하지만 그런 녀석들도 성장하고 있었다.

"언젠가……."

이 녀석들이 진정한 의미에서 어른이 되어 자신의 과거나 이상(理想)을 웃으며 이야기할 수 있었으면 좋겠다.

기피되고, 인정받지 못하고, 집단에서 배척되었던 이 녀석들이 남들처럼 행복과 꿈을 발견하려면 조금 더 시간이 걸릴지도 모르지만, 그것을 지켜보는 것도 내가 할 일이었다.

내 이미지와는 전혀 어울리지 않는 『이상』에 스스로도 조금 웃어버렸으나 그것도 나쁘지는 않을 것이다.

***

이튿날 이른 아침, 햇빛이 마침내 어둠 속에 비쳐 들기 시작한 시간대에 우리는 활동을 개시했다.

링글의 어둠에 들어간 우리는 키 큰 나무들이 우거진 숲속을 말을 타고 나아갔다.

공기가 차가워 숨이 하얗게 서렸다.

숲속을 한번 둘러본 나는 주위의 기척과 소리에 의식을 집중시켰다.

들리는 것은 나뭇잎 소리와 희미한 바람 소리뿐.

이건…….

"아울, 눈치챘나?"

"네, 묘하네요. 마물의 기척이 없어요."

앞장선 내 뒤를 따라오는 아울에게 상황을 확인했다.

이곳에는 임무 때문에 몇 번이나 왔었다. 마물이 판치는 위험한 숲……일 텐데 이상하게도 오늘은 마물의 울음소리는커녕 발소리조차 들리지 않았다.

"혹시 우연히 마물들이 사이좋게 아침밥을 먹으러 갔다든가……?"

"나는 진지하게 물어보는 거야. 아울, 다음에는 그냥 안 넘어가."

농담할 여유 따위 없을 텐데.

"혹시 어떤 위협을 감지하고 이곳을 벗어난 게 아닐까요!"

어떤 위협이라…….

생각할 수 있는 가능성은 둘.

첫째, 정보대로 마족이 이 숲에서 뭔가를 하고 있다.

둘째, 흉포한 마물이 나타났다.

후자라면 마소가 짙은 곳 근처에 생식하는 강력한 마물이겠지만, 이 주변에 사는 개체는 한정되어 있었다.

"마족 이외의 가능성을 생각한다면 그랜드 그리즐리일까요? 하지만 그 마물은 얌전한 편이고, 다른 마물을 쫓아내는 짓은 하지 않을 테니…… 그랜드 혼이나 글로울프일 가능성이 크네요."

"그랜드 혼은 아니야. 무엇보다 녀석들은 무의미한 짓은 안 해. 가능성이 있다면 글로울프겠지."

빨간색 늑대, 글로울프.

그 강함은 그랜드 그리즐리나 그랜드 혼과 동등했다.

그랜드 그리즐리의 특징이 순수한 힘, 그랜드 혼이 교활함과 독보적인 지력이라면 흉포함과 잔인함이 글로울프의 특징이었다.

주위에 분노를 흩뿌리듯, 움직이는 모든 것을 덮치는 녀석들이라면 지금 이 이해할 수 없는 상황을 만들었어도 이상하지 않았다.

"……."

"대장님? 왜 그러세요?"

아울이 턱에 손을 대고 생각에 잠긴 내 얼굴을 들여다봤다.

나는 그런 아울을 피하며 말에서 내렸다.

"대장님?"

기수가 사라진 말의 고삐를 아울이 황급히 잡았지만 내 시선은 오로지 지면에 가 있었다.

"이건 글로울프의 짓이 아닌 건가요?"

"가능성이 클 뿐이야. ……찾았다."

나무 표면과 지면을 주시하며 걸어가니 나무에 새겨진 네 개의 선과 땅에 난 풀을 빨갛게 칠한 혈흔 같은 것을 찾을 수 있었다.

부하들은 내가 찾은 것을 보고 놀란 목소리를 냈다.

"이 발톱 자국은 글로울프가 낸 거겠지. 보통은 영역을 주장하는 표식이지만 이 경우에는 달라."

나무껍질에 생긴 이 발톱 자국은 고의로 낸 것이 아니라 우연히 새겨진 것이었다.

그리고 지면에 남은 혈흔으로 헤아리건대—.

"아무래도 누군가가 글로울프와 싸웠던 모양이야. 그것도 한 명이 아니라 여럿이서."

"대장님! 이쪽에 많은 발자국이 있습니다!"

바로 꼬리를 잡은 건가…….

"피가 아직 완전히 마르지 않았어. 그리 멀지 않은 곳에서 아직 싸우고 있을지도 몰라. 다들 정신 바짝 차려라."

""""네!""""

부하들의 대답에 고개를 끄덕인 나는 다시 말을 타고 글로울프와 싸운 듯한 누군가의 발자국을 따라갔다.

발자국의 수를 보면 마족들은 역시나 서른 명 정도인 것 같았다.

정말로 마물을 사냥하고 있는 모양이지만 그 목적은 뭘까? 애초에 왕국령까지 들어와서 마물을 사냥하는 의미를 알 수 없었다.

단순한 유희인가? 그건 그것대로 맥이 빠지지만, 다른 목적이 있다면 그건 우리 인간 측에게 큰 영향을 줄지도 모른다.

그것만큼은 절대로 피하고 싶은데…….

"누군가가 혼자서 글로울프와 싸우고 있었어……."

발자국의 수는 서른 명이지만 혈흔과 발톱 자국이 있었던 곳에는 한 사람의 발자국밖에 없었다.

심지어 그 발자국도 집중해서 봐야만 알 수 있을 만큼 얕았다. 마치 무게가 없는 것처럼…….

글로울프는 어중간한 녀석이 이길 수 있을 만큼 약하지 않다.

평범한 기사도 여럿이서 덤비는 마물인데, 동료가 있음에도 불구하고 단독으로 덤볐다면 틀림없이 상당한 실력자일 것이다.

단순히 목숨 아까운 줄 모르는 녀석이라면 상관없지만…….

"글로울프 정도는 자신 혼자서 충분히 상대할 수 있다. 그런 확고한 자신감을 가지고서 덤빈 거라면……."

지극히 성가신 상대다.

고삐를 쥔 손에 자연스럽게 힘이 들어갔다.

그때, 발자국이 이어진 전방에서 검으로 무언가를 베는 듯한 금속음이 들렸다.

"……가까워."

내 말에 뒤따라오던 부하들이 다들 무기를 들고 전투태세에 들어갔다.

나도 호흡을 가다듬고서 나무 사이를 빠져나가 넓은 곳으로 뛰쳐나갔다.

"……!"

뛰쳐나가자 보인 것은 숲속에 생긴 평원이었다.

투기장을 연상시키는 그 평원에서 검은색 갑옷과 옷을 입은 갈색 피부 집단, 마족들이 피투성이가 된 붉은 늑대, 글로울프를 우리에 넣고 있는 광경이 시야에 들어왔다.

그리고—.

"……마침내 들켰나."

조금 떨어진 곳에 서 있던 마족 남자가 우리를 돌아보았다.

그는 다른 마족들과 달리 비교적 가벼운 차림이었다. 유일한 방어구는 양팔을 덮은 비갑 정도였다.

하지만 남자의 손에 들린 피로 물든 검을 보고 한눈에 이해할 수 있었다.

이 녀석은 강하다.

"너희는 아직 움직이지 마."

"……알겠습니다."

말을 몰아 평원으로 들어간 나는 무기를 든 부하들을 제지하고 마족들의 우두머리인 듯한 그 남자에게 시선을 보냈다.

"링글 왕국 사람들이군."

"맞아. 네놈들이 몰래 무슨 짓을 하는 것 같아서 왔다만…… 뭐 하고 있는 거지? 마족은 마물을 구경거리로 쓰기라도 하나?"

내 말에 마족들이 발끈하여 앞으로 한 발자국 나왔으나 남자가 손으로 제지하여 막았다.

"큭, 우리로서도 그편이 그나마 귀엽기라도 했을 거다. 나도 이런 의뢰를 받는 건 불만스러웠지만, 이것이 앞으로 이익이 된다면 따를 수밖에 없지."

"그럼 그 의뢰라는 건 뭐지?"

"말할 리가 있나."

남자는 이 자리에 어울리지 않는 여유로운 미소를 지었다.

뭐, 그렇겠지. 반대로 순순히 가르쳐 줬다면 놀랐을 것이다.

"내 이름은 네로 아젠스. 뒤에 있는 부하들의 대장이다. 일단 네 녀석의 이름을 들어 주마."

"……로즈다. 입장은 너랑 비슷하지. 그래서, 남의 이름을 들어서 어쩌려는 거지?"

"큭, 나는 마족이고 네 녀석은 인간이다. 그렇다면 할 일은 뻔하지 않은가."

남자가 입꼬리를 비틀며 희미하게 살기를 흘리자 내 부하들과 마족들도 무기를 꺼냈다.

하지만 나는 움직이지 않고 이어서 말을 자아냈다.

"지금이라면 아직 싸움을 피할 수 있어. 지금 어떤 상황인지 모를 만큼 바보는 아니겠지? 조용히 돌아간다면 눈감아 주마. 덤비겠다면 나도 봐줄 수 없어."

"말은 거만하다만, 네 녀석은 그것을 가능케 할 만한 실력을 갖추고 있는 것처럼 보이는군. 그러나 이 모습을 들킨 이상 네놈들을 살려 보낼 수는 없다. 미안하지만 여기서 죽어 줘야겠어."

"그러냐……!"

네로가 검을 듦과 동시에 양측의 부하들도 동시에 무기를 들었다.

나는 무거운 한숨을 쉬며 말에서 뛰어내리고 아울에게 말했다.

"아울, 지휘는 너한테 맡기마."

"예? 대장님은……."

"미안하지만 이번만큼은 너희한테 지시를 내릴 수 있을 만큼 여유로운 상대가 아니야."

"……?!"

내 말에 네로라는 남자가 얼마나 위험한지를 이해한 아울은 동요하면서도 고개를 끄덕였다.

어젯밤의 이야기가 효과를 발휘했는지 그녀의 눈동자에서는 예전보다 더 강한 의지가 느껴졌다.

이 모습을 보면 마족을 상대로도 문제는 없겠군.

"부탁한다."

"네!"

나는 아울에게 향했던 의식을 네로에게 보내며 날카롭게 노려보았다.

평범한 기사라면 위축될 만한 눈빛이지만 네로는 겁먹기는커녕 미소조차 지으면서 검을 단단히 움켜쥐었다.

"내가 죽는가, 네 녀석이 죽는가. 확인해 주지."

"해 보시지. 할 수 있다면 말이야!"

"좋다!"

신호도 없이 동시에 달려 나갔다.

우리의 움직임에 맞춰 마족과 부하들도 교전 상태에 들어갔다.

하지만 그래도 나는 눈앞의 네로에게 집중했다.

이 녀석이 이 자리에서 가장 위험하고 가장 강하리라는 것을 이해하고 있었기 때문이다.

"바람이여, 나의 발, 나의 방패로 화하라! 그리하여 나의 육체는 온갖 것을 가르는 검이 되리라!"

바람이 불더니 네로의 몸을 중심으로 소용돌이치듯 전개되었다.

순간, 조금 전까지 완만하게 보였던 녀석의 움직임이 몰라보게 빨라졌다.

"칫!"

바람 계통 마법.

그것도 상대에게 방출하는 것이 아니라 자기 몸에 휘감아서 힘으로 삼는 매우 보기 드문 종류였다. 심지어 능력의 응용성도 있는 듯했다.

휘둘린 검을 혀를 차며 회피하고 주먹을 내질렀지만 바람의 속도를 얻은 녀석은 그것도 간단히 피했다.

내 공격을 본 네로는 눈을 크게 떴다.

"네 녀석은 뭐지? 정말로 인간인가?"

"시끄러워."

정수리를 공격하기 위해 회전하면서 발뒤꿈치를 내리찍었다.

하지만 그것도 네로는 지면을 미끄러지듯 물러나며 피했다.

"하앗!"

나는 아랑곳없이 혼신의 힘으로 지면에 발뒤꿈치를 내리찍었다.

땅에 커다란 균열이 생겼고, 그 균열은 네로의 발밑까지 미쳤다.

자세가 무너진 녀석의 표정이 곤혹과 희색이 뒤섞인 표정으로 바꿔었다.

"앞서 한 말은 철회하지. 네 녀석은 괴물이다!"

"그딴 건 처음부터 자각하고 있어!"

"……!"

한순간의 도약으로 네로의 코앞까지 이동한 나는 녀석의 복부에 날아차기를 먹였다.

그 위력에 네로는 숲 쪽으로 날아갔지만 타격감이 너무나도 가벼웠다.

"저 바람은 갑옷 역할을 겸하고 있는 건가. 내 공격을 막아 낼 정도라니…… 귀찮은데."

연타로 없애거나 전력을 다한 일격으로 꿰뚫거나.

아무튼 추격이다.

그렇게 생각하고 발을 내디디려고 한 순간, 오른쪽 다리에서 피가 튀었다.

"그 짧은 순간에 바람으로 반격했나……."

다리를 살펴보니 칼날에 베이기라도 한 것처럼 열상이 생겨나 있었다.

특별히 주문한 부츠는 베이지 않았으나 허벅지의 절반을 기준으로 아래쪽은 상처투성이였다.

나는 특별히 신경 쓰지 않고 치유마법으로 즉각 고친 후 아울과 부하들을 보았다.

"우리의 연계를 잔챙이 마족들에게 똑똑히 보여 주자고!"

아울의 외침에 호응하며 부하들이 마족들을 요격해 나갔다.

"굳이 말하지 않아도!"

"우리가 할 일은 항상 똑같아!"

이 녀석들이라면 괜찮겠지.

숫자는 적어도 숙련도는 명백하게 이쪽이 위였다.

냉큼 저 녀석을 해치우고 이쪽으로 돌아와 가세하기로 할까.

"그럼 부탁한다."

그렇게 정한 나는 단숨에 그 자리에서 뛰쳐나가 숲속으로 돌입했다.

나와 그 녀석이 진심으로 싸운다면 부하들이 말려들지도 모른다.

그렇기에 발차기로 날려 버린 것인데 그러길 잘한 듯했다. 평범한 반사 신경으로는 그 짧은 순간에 반격 따위 할 수 없다.

덧붙이자면, 내가 아니었다면 출혈 과다로 죽었을 위력이었다.

그런 녀석과의 싸움에 부하를 끌어들일 수는 없었다.

"뭐, 그건 녀석도 마찬가지겠지만……."

그 녀석은 내 발차기를 반쯤 일부러 맞았다.

바람으로 방어하고서 자기 자신도 바람에 몸을 싣듯 숲속으로 날아갔지만, 내 눈에는 싸울 장소를 바꾸려고 한 것처럼만 보였다.

아무래도 녀석 또한 나와의 일대일 대결을 바라는 모양이었다.

"……!"

숲에 들어선 순간, 내 옆에 있던 거목 몇 그루가 둘로 쪼개지며 반투명한 칼날이 이쪽을 양단할 기세로 날아왔다.

"치졸한 전법이군!"

도약하여 그것을 피한 나는 나무줄기를 차며 이동해 바람 칼날을 날린 네로를 발견했다.

"찾았다!"

"소리 없는 바람을 피하다니……!"

나무를 차며 접근하는 내게 녀석은 검에 바람을 감아 대각선으로 내리쳤다.

아까와는 다른 초승달 형태의 바람 칼날이 눈앞에 있는 모든 나무를 두 동강 내며 나에게 다가왔다.

"이딴 거에 맞을 것 같아?!"

기세를 몰아 나무를 박차고 지면을 향해 가속한 나는 튀듯이 착지했다.

그와 동시에 네로가 벤 나무가 쓰러졌지만, 나무가 덮치기 전에 나는 녀석을 향해 달려 나갔다.

당연히 녀석은 아까처럼 바람 칼날을 여러 개 날리며 요격했으나 그것은 내게 파리가 앉는 것처럼 느리게 보였다.

그것들을 가뿐히 피하고 동강난 거목 하나를 한 손에 든 나는 우렁찬 외침과 함께 그것을 네로에게 던졌다.

"으랴아아!"

"읏, 하하!"

길이 7미터가 넘고 곰의 몸통만큼 두꺼운 거목이 네로를 향해 날아갔다.

나는 그것이 녀석을 맞추기 전에 이어서 똑같은 크기의 거목을 던지고 일직선으로 녀석을 향해 달렸다.

다음 순간, 녀석이 있는 곳에 거목이 떨어지며 커다란 파쇄음이 주위에 쩌렁쩌렁 울렸다.

"끝장이다."

낙하하는 한층 큰 나무를 잡고 녀석이 묻혀 있을 곳에 힘껏 내동댕이쳤다.

평범한 사람이라면 즉사할 일격—.

그러나 날카로운 바람 소리가 울리더니 눈앞에 있던 모든 거목이 조각조각 절단되어 허공을 날았다.

조각난 거목의 중심에 있는 것은 가볍게 검을 휘두른 네로의 모습이었다.

그 모습에 특별히 반응하지 않고서 나는 주먹을 단단히 쥐고 접근했다.

녀석도 옅게 웃으며 검을 들고 요격했다.

"로즈라고 했나."

"……."

네로의 말을 무시하고 주먹을 들었다.

바람과 함께 펼쳐지는 공격을 빠져나가 녀석의 방어를 관통할 생각으로 공격을 가했다.

그러나 역시 만만치 않은 상대였다.

바람을 휘감은 녀석의 움직임은 가벼웠다.

발놀림뿐만 아니라, 전신을 덮은 바람이 녀석의 움직임을 보조하여 회피, 방어, 속도를 강화하고 있었다.

"인간이란 무시무시하군."

빨간색 칼등을 주먹으로 튕겼다.

이 검이다. 아마 저주 같은 것이 부여된 마검일 가능성이 컸다. 바람 칼날은 맞아도 문제없지만 이것만큼은 맞아서는 안 된다.

"이토록 강한 인간은 본 적이 없어. 심지어 네 녀석은 그저 신체 능력만으로 나와 호각 이상으로 싸우고 있지. 적이지만 칭찬할 만하다."

그러나 이 상황에서도 녀석은 땀 한 방울 흘리지 않으며 나와 전투를 이어갈 만큼 여유로웠다.

그것은 나도 마찬가지지만, 부하들이 이 녀석과 싸우게 하지 않은 것은 정답이었다.

이 녀석을 상대하는 것은 지금의 그 녀석들에게 너무 무거운 짐이다.

"닥쳐. 떠들고 싶으면 처맞은 다음에 해."

"윽, 가차 없군."

목을 날려 버릴 요량으로 발차기를 가하자 마침내 그 여유로운 표정이 무너졌다.

바람 갑옷을 부수는 위력이었다. 바람의 자동 방어를 믿고 피할 만한 일격이 아니었다.

"잔재주로는 날 쓰러뜨릴 수 없어!"

"아무래도 그런 모양이야!"

발차기를 아슬아슬하게 회피한 녀석은 검을 바꿔 잡고 이쪽으로 손바닥을 들었다.

그러자 내가 있는 곳에 강렬한 회오리바람이 발생했다.

용오름이라고 해도 될 만한 규모로 거대해진 바람은 킹, 킹, 하고 쇠가 맞부딪치는 듯한 소리를 내며 나를 중심으로 회전했다.

"바람 칼날이 섞여 있는 건가."

말하자면 이것은 나를 가두는 우리였다. 밖으로 나가려고 하면 바람 칼날에 갈가리 찢길 것이다.

"크, 하하!"

하지만 이런 것은 여전히 내게 잔재주일 뿐이었다.

나는 희미하게 보이는 녀석의 모습을 포착하고 바람 칼날이 날아다니는 회오리로 돌격했다.

"나를 가둘 수 있을 것 같아?!"

전신에 치유마법을 두른 순간, 바람 칼날이 온몸을 벴다. 하지만 상처가 생기자마자 모든 상처가 아물었다.

"……?! 중상을 각오하고…… 아니야, 이건! 설마 네 녀석의 마법은……?!"

"으랴!"

"윽!"

달리는 기세를 모두 실은 발차기가 녀석의 배에 직격했다.

아슬아슬하게 회피와 방어에 성공했는지 10미터 정도를 주르륵 미끄러지고 멈춘 네로는 그 자리에서 거칠게 숨을 내쉬며 웃었다.

"설마 치유마법사일 줄은 몰랐어. 순수한 신체 능력과 압도적인 치유 속도에 의한 단독 격파 능력. 아마 치유마법사의 본래 역할인 회복 요원의 일도 소화할 수 있겠지……. 하하! 나는 엄청난 녀석과 싸우고 있군."

"왜 그러지? 이걸로 끝인가?"

"웃기는 소리. 배에 충격을 조금 받았을 뿐이다. 상처 축에도 들지 않아."

네로는 재차 검을 겨눴다.

그 모습에서 무시무시한 기백이 느껴졌다. 이제부터 펼쳐질 싸움은 조금 전까지의 싸움과 일선을 달리할 것이라는 예감이 들었다.

"나는 네 녀석을 여기서 죽이겠다."

"할 수 있다면 말이야. 그 전에 내가 네놈을 후려갈길 거다."

"그럼 누가 더 위인지 확실히 해 주마!"

동시에 그 자리에서 튀어 나갔다.

서로 방심은 버렸다.

남은 것은 누가 더 순수하게 강한지 밝히는 일뿐이다.

"하아아아아!"

"으랴아아아!"

검을 든 녀석의 팔과 내 팔이 격돌했다.

박치기라도 하듯 서로 머리를 부딪친 녀석과 나는 넘치는 살기를 뿌리며 주위의 모든 것을 집어삼키는 사투를 펼쳤다.

***

"녀석과 나의 실력은 호각이었어."

로즈 씨가 이야기한 싸움은 내가 상상한 것보다 훨씬 격렬했다.

그녀의 실력은 잘 알고 있다.

어떤 생물보다도 빠르고 강하며, 치유마법이라는 회복 수단으로 거의 무적에 가까운 불사성을 지닌 그녀와 호각으로 싸울 수 있는 자가 있을 줄은 몰랐다.

"정확히 말하자면 싸움 방식은 녀석이 더 뛰어났지. 기술도 다채로운 것 같았고."

"바람 계통……이라고 하셨죠."

"그래. 그 정도 수준의 사용자는 녀석 말고 본 적이 없어. 서로 결정타가 없어서 전혀 결판이 나질 않았지. 주위에 있던 나무들은 전부 베여서 쓰러지고, 부서지고, 개판이었어……."

정말로 힘이 비등했다는 걸까.

눈앞에 있는 그녀가 얼마나 강한지 알고 있는 나로서는 전혀 상상이 가지 않았다.

"그사이에 단장님의 부하들은……."

"싸우고 있었겠지. 녀석과 싸우는 동안 그쪽을 신경 쓸 겨를이 없었지만, 단순히 그 녀석들의 힘을 믿고 있었어."

"믿고 있었다, 인가요……."

“그래. 그 녀석들은 현재 링글 왕국의 기사보다도 월등한 실력을 갖추고 있었어. 그렇게 간단히 당할 리가 없었지.”

그렇다면 부하들은 왜…….

그런 내 의문을 간파했는지 로즈 씨는 얼굴을 살짝 찡그렸다.

“애초에 녀석과 나는 결판을 내지 못했어. 이대로 계속해 봤자 승부가 갈리지 않을 것을 녀석도 눈치챘겠지.”

거기서 일단 말을 끊은 로즈 씨는 자신의 오른쪽 눈에 손을 올렸다.

무표정해 보이지만 내게는 그것이…… 무언가를 참는 것처럼 보이기도 하고 괴로워하는 것처럼 보이기도 했다.

“그리고 녀석은 승부를 포기했어.”

“승부를 포기했다고요? 설마 단장님의 부하를 인질로……?”

“그보다도 악질이야. 아니, **녀석들**에게는 당연했나. 아무튼 그건 일반인은 절대로 이해할 수 없는 행동이었어.”

끔찍한 것을 떠올리는 듯한 로즈 씨의 표정…….

로즈 씨가 이 정도 반응을 보이다니……. 대체 마족들은 뭘 한 걸까.

“승부를 포기했다는 건 싸움을 그만뒀다는 말이 아니야. 승패에 집착하지 않기로 했다는 의미지. 상대를 죽이고 자신이 사는 것을 녀석은 포기했어.”

“잠깐만요. 그건, 설마…….”

“그래, 네가 상상한 대로야. 녀석들과 우리의 싸움을 결판낸 건 순수한 전투력이 아니었어. 문자 그대로 각오의 차이였던 거야."

제4부 비극과 재기

싸움이 시작된 지 불과 몇 분밖에 지나지 않았다.

그 짧은 교선으로 우리 주위는 지면이 파이고 무참하게 부서진 거목 파편이 흩어져 있었다.

그러나 그에 아랑곳없이 우리의 싸움은 계속되었다.

그리고 그 균형이 마침내 무너졌다.

네로가 내지른 바람을 휘감은 관수(貫手)에 뺨을 베이면서도 회피한 후, 녀석의 턱에 주먹을 휘둘러 녀석을 하늘 높이 날렸기 때문이다.

고통스러워하며 날아간 네로에게 추격타를 가하려고 했으나 방패가 된 칼자루에 막혔고, 네로는 부하들이 싸우고 있는 곳에 떨어졌다.

"끝난 거냐?! 어엉?!"

뺨에 난 상처를 순식간에 고치고, 한 번의 도약으로 네로가 떨어진 부근에 착지했다.

주위에는 여전히 싸우고 있는 부하들과 마족들의 모습이 있었으나, 지면에 내동댕이쳐진 네로의 모습에 마족들은 매우 동요한 것처럼 보였다.

"크게 효과가 없다는 거 다 알아. 냉큼 일어나."

"이래서야 결판이 나질 않겠군……. 단순한 마물 포획 의뢰가 이렇게 될 줄은 생각조차 못 했어."

검을 잡고 일어난 네로는 주위를 둘러보고 자조하듯 웃었다.

"심지어 여태껏 손수 기른 부하들도 이 모양이라니……. 로즈, 네 녀석의 부하들도 상당한 실력을 가지고 있는 모양이야."

"난데없이 무슨 소리냐?"

"칭찬하는 거다. 네놈들은 내가 싸웠던 상대 중에서 가장 강하며 더할 나위 없이 성가신 놈들이야."

"그것참 고맙군."

시간을 벌려고 이러는 것 같지는 않았다.

그렇다고 해서 포기한 모습도 아니었다.

일시적으로 멈춘 싸움의 중심에서 이 녀석은 대체 뭘 하려는 거지?

"인간들에게 진짜 용사는 없다."

"뭐?"

"일찍이 지대한 힘을 발휘했던 자는 지금 세상에 없다. 그렇게 생각했다."

"그게 뭐 어쨌는데? 설마 용사가 없는 지금의 인간에게라면 이길 수 있을 줄 알았나? 그렇다면 우리를 너무 물로 본 거야."

"그래. 하지만 그 생각도 바뀌었다. 네놈들은 앞으로 있을『전쟁』에서 가장 큰 방해물이 될 수 있어."

"읏, 전쟁이라고?!"

설마 이 녀석들은 정말로 인간과 전쟁을 벌이기 위해 준비하고 있는 건가?

그렇다면 오늘 이루어진 글로울프 포획도 그 일환인가?

"마족이 인간을 두려워하는 시대는 끝을 맞이할 것이다. 우리의 왕이 깨어난다……. 냉혹하고 잔인하고 잔학하지만, 우리에게는 자비와 은혜와 승리를 약속해 주시는 절대적인 존재가 깨어난다."

"무슨 소리를……."

"그렇기에, 그분의 승리를 위해, 우리 마족의 번영을 위해, 네놈들은 반드시 처리해야만 해. 그래…… 설령 이 몸이 스러지더라도 말이야."

그 말이 끝나자 마족 측의 분위기가 바뀌었다.

눈에 핏발이 선 네로는 피가 날 만큼 칼자루를 움켜쥐고서 나와 부하들을 노려보았다.

이건 위험하다.

"너희들! 이 자리를 벗어—."

"우리는 마왕님의 검이니, 설령 이 몸이 부서지더라도 적대자는 길동무로 삼을 것이다."

네로의 말을 계기로 광기에 빠진 마족들이 소리를 지르며 부하들에게 달려들었다.

당연히 부하들은 응전했지만 마족은 전혀 방어하지 않고 그 칼을 맞았다.

"……?! 이건 뭐야?!"

"이 녀석들, 죽을 생각으로……!"

검이 몸에 박혀 피를 토하면서도 맨손으로 칼날을 붙잡은 마족 한 명이 미친 듯이 웃으며 부하의 팔을 깊이 벴다.

목숨을 버리고 적대자를 죽이는 전법.

부하들이 점점 다치는 모습을 보고 순간적으로 도우러 가려고 했지만 네로가 내 앞을 막아섰다.

“너 이 자식……!”

“나는 지금 진정한 악마겠지. 부하에게 죽음을 강요하고 네놈들의 싸움을 더럽히는 짓을 하고 있어.”

“비켜!”

분노로 몸을 떤 나는 있는 힘껏 움켜쥔 주먹을 치켜들어 방해꾼을 분쇄하기 위해 앞으로 뛰쳐나갔다.

“그리고 네 녀석은 동요하고 말았다.”

하지만 내지른 주먹은 허공을 갈랐고, 정신을 차린 나는 순간적으로 뒤로 물러났다.

다음 순간, 오른쪽 눈에 맹렬한 통증이 일었다.

“끄……아……!”

오른쪽 눈이 검에 베여 시야의 절반이 깜깜해졌다.

순간적으로 오른쪽 눈을 손으로 누르며 나머지 절반의 시야로 앞을 보니 칼날에 묻은 피를 털어 낸 네로가 무표정으로 나를 내려다보고 있었다.

“시원찮아진 네 녀석의 움직임을 읽기는 쉽다.”

“이 정도는……!”

치유마법을 쓰면 고칠 수 있다.

마력을 오른쪽 눈으로 보내 치유마법을 행했지만— 치유마법의 마력은 눈으로 가지 않고 그대로 공중에 흩어져 버렸다.

"뭐야?!"

"내 검은 마력을 끊어 내는 붉은색 마검— 마법을 베고 그 단면에 일시적인 저주를 부여하지. 즉, 이 검에 베인 상처에는 회복마법도, 치유마법도 듣지 않아."

"……!"

마검 종류임은 알고 있었지만 설마 이 정도로 나와 상성이 나쁜 무기일 줄이야…….

아무리 치유마법을 사용해도 회복되지 않는 시야 속에서 부하들의 비명만이 들려왔다.

이대로 쓰러져서는 안 된다…….

아직 내 치유마법으로 구할 수 있다.

"절반뿐인 시야로 싸우려는 건가."

"……!"

"하지만 만족스럽게 싸울 수 있을 리가 없지. 이걸로 끝내겠다."

오른쪽 눈에서 피가 멈추지 않았다.

몸은 멀쩡하지만, 거리감을 잡을 수 없는 상태로는 마음대로 싸울 수 없었다.

네로가 검을 상단자세로 들고 내리치려고 했다.

피해야 할까, 아니면 반대로 돌진해서 거리를 재야 할까. 혼란에 빠진 머리로 대책을 세우려고 했으나, 어느새 나는 녀석의 공격 범위에 들어가 있었다.

"끝이다."

"젠장……!"

그러나 다음 순간, 잠긴 목소리가 들림과 동시에 나와 네로 사이에 부하 하나가 들어와 네로의 일격을 몸으로 막았다.

놀라서 눈을 번쩍 뜨고 끼어든 부하를 보았다.

"아, 울……."

"대장, 님……."

한순간 나를 돌아본 아울은 어딘가 안심한 듯한 표정이었다.

내가 무사해서 다행이라는 것처럼…….

구할 수 있어서 다행이라는 것처럼…….

이어서 어깨부터 옆구리까지 베여 피를 쏟아 내는 그녀의 모습이 눈에 새겨지듯 시야에 들어왔다.

땅에 쓰러져 피를 토하며 숨을 깔딱거리는 아울을 보고 묵례한 네로는 망연히 선 내게 재차 검을 겨누었다.

주위에는 이미 아무도 서 있지 않았다.

여기 있던 마족은 네로를 제외하고 전부 죽었고, 내 부하들도 검과 창에 꿰뚫려 절명한 상태였다.

한발 늦었다.

살리지 못했다.

내가 살려야 했는데 오히려 아울이 나를 살리고 말았다.

분명 저 녀석들은 내가 도와주러 올 것을 믿고 있었으리라.

치유마법사인 나라면 그 어떤 중상도 고칠 수 있다고…….

신뢰하는 나와 함께라면 어떤 임무도 불가능하지 않다고…….

하지만 지금 내 꼴은 어떤가?

부하를 죽게 하고, 고작 오른쪽 눈이 보이지 않는다고 열세에 몰려서 이 모양이었다.

아울, 너는 도망쳐도 됐는데.

그랬다면 살 수 있었을 텐데…….

나 따위를 살리지 않았다면…… 이 녀석에게 베일 일도 없었을 텐데…….

"……!"

무력감이 나를 괴롭혔다.

내가 약했기 때문이다.

치유마법의 능력을 믿고 기고만장해져서, 신뢰받고 있으니까 괜찮다고 생각해서, 가장 중요한 순간에 가장 소중한 녀석들을 지키지도 못한 자신을 용서할 수 없었다.

자신도 용서할 수 없지만 그 이상으로 눈앞에 있는 남자가 참을 수 없이 미웠다.

아무렇지도 않게 부하에게 목숨을 버리라고 한 이 녀석이, 마왕을 위해서인지 뭔지는 모르겠지만, 그딴 것 때문에 내 부하들을 죽였다.

감정이 분노에 지배되었다.

거무칙칙한 감정이 흘러넘쳐 사고를 검게 물들였다.

"내 부하들의 죽음도, 네놈들의 죽음도 잊지 않겠다. 사라져라, 로즈."

"……뭐?"

녀석의 말을 계기로 내 안에서 무언가가 부서졌다.

자기 자신조차 지워 버릴 듯한 격정 속에서 나는 녀석이 내리친 마검을 맨손으로 막았다.

손바닥에서 피가 뿜어져 나왔지만, 칼등까지 통째로 잡아서 검을 완전히 멈췄다.

"무슨……?!"

"웃기지 마. 잊지 않겠다고?"

네로가 검을 빼려고 힘을 줬으나 그래도 나는 놓지 않았다.

아무리 아파도, 아무리 고통스러워도, 눈앞에 있는 네로와 자신에 대한 분노가 그것을 느끼지 못하게 했다.

주먹을 움켜쥐고 힘을 주었다.

한계조차 무시하고 계속 힘을 담아 그대로 녀석의 안면에 주먹을 꽂았다.

"억?!"

"네놈이 뭘 아는데? 저 녀석들에 관해 뭘 아냐고!"

바람 갑옷이 주먹을 막았으나 그것조차 뚫어 버리고 직접 안면을 후려쳤다.

아무리 피가 뿜어져 나와도, 마검을 붙잡은 왼손에 칼날이 파고

들어도, 녀석을 구타하는 팔을 멈추지 않았다.

네 번째 구타에 녀석은 마침내 마검을 놓고 바람 마법으로 공격하려고 했지만, 그보다도 빨리 내가 녀석의 팔을 잡고 크게 휘둘러 지면에 내리쳤다.

"윽!"

팔이 떨어질 듯 아팠으나 치유마법으로 억지로 고치고 녀석을 다시 한 번 지면에 내동댕이쳤다.

"억, 으아아악?!"

"네놈에게 이해받아 봤자 저 녀석들에게는 그저 모욕일 뿐이야!"

나는 지면에 쓰러진 녀석의 옆구리를 있는 힘껏 걷어찼다. 한계를 넘어선 힘으로 가해진 발차기는 바람의 방어를 간단히 꿰뚫고 옆구리에 꽂혔다.

나는 더욱 발에 힘을 줘서 날아간 네로의 낙하점에 먼저 이동하여 한껏 뒤로 뺀 오른쪽 주먹을 있는 힘을 다해 휘둘렀다.

"—윽?!"

"으랴아!"

지면에 낙하하지 못하고 재차 날아간 녀석을 응시한 나는 왼손에 들고 있던 마검을 바꿔 잡고 분노가 이끄는 대로 녀석을 향해 내던졌다.

내던져진 마검은 녀석의 어깨에 박혔고, 네로는 멀리 떨어진 나무에 부딪혀 멈췄다.

그러면서 정신을 잃었는지 팔이 힘없이 늘어졌지만, 그래도 나는 흘러넘치는 살의를 안고서 녀석에게 다가갔다.

"죽이겠어, 죽여 버리겠어."

내 머릿속에는 이제 그 생각뿐이었다.

분노로 머릿속이 새빨개져서 힘을 제어할 수 없었고, 자신의 역량 이상으로 움직인 사지는 피투성이였다.

욱신거리는 몸을 무시한 나는 앞으로 나아가려고 했으나 내 다리는 전진하지 않았다.

다리에 더 이상 힘이 들어가지 않을 만큼, 치유마법으로도 완벽하게 고칠 수 없을 만큼 내 몸은 한계였기 때문이다.

억지로 움직이려고 해도 그저 맹렬한 아픔만이 커질 뿐이었다. 그래도 나는 앞으로 나아가려고 했다.

여기서 녀석을 죽이기 위해—.

"조금만 더 가면 돼……. 저 녀석은, 내가 반드시……."

이대로 끝날 수는 없었다.

지면을 기어서라도 목을 물어뜯어 주겠다.

그렇게 생각하며 억지로 전진하려던 나는 네로를 부축하고 있는 마족이 있음을 알아차렸다.

아직 소녀로 보이는 마족은 겁먹은 눈으로 나를 보며 네로를 데려가려고 했다.

"스, 스승님, 지금, 도와드릴게요……!"

"아미라, 후방에서 대기하라고 했을 텐데……."

어깨에 마검이 박힌 채 마족 소녀의 부축을 받아 이동하는 네로의 모습을 나는 멍하니 볼 수밖에 없었다.

앞으로 가고자 했으면 전진할 수 있었을 테지만 그럴 수 없었다.

"……!"

다친 네로를 부축하는 소녀의 모습이 내 눈앞에서 베인 아울의 모습과 겹쳐 보였기 때문이다.

네로는 부하들의 원수다.

자신의 부하조차 죽음으로 내몬 녀석이다.

그딴, 그딴 녀석이 나처럼 부하인 소녀의 도움을 받고 있었다.

그 광경을 보게 된 나는 무엇보다도 미운 상대를 향한 살의조차 잊어버릴 만큼 망연해지고 말았다.

움직이지 않는 내게 겁먹은 소녀는 다친 네로를 데리고 숲속으로 사라졌다.

아무것도 하지 못하고 그저 네로가 사라지는 모습을 바라볼 수밖에 없었던 나는 갈 곳을 잃은 감정에 미쳐 버릴 것 같았다.

지면에 무릎을 꿇고 피투성이가 된 왼손으로 땅을 내리쳤다.

"……읏, 젠장! 뭐냐고, 이건……!"

죽이지 못했다.

원수조차 갚지 못했다.

답답한 기분이 마음을 짓눌렀다.

그러나 그때, 내 뒤에서 가느다란 호흡과 나를 부르는 목소리가 들려서 돌아보았다.

"대, 장님……."

"읏! 아울!"

피 웅덩이에 잠긴 빈사 상태의 아울이 나를 부르고 있었다.

나는 곧장 움직이지 않는 몸을 필사적으로 움직여서 그녀 곁으로 가 치유마법을 베풀려고 했다.

"대장님……."

"아울! 말하지 마. 지금 당장 고쳐 줄게!"

"하, 하…… 무리, 예요. 꽤, 깊이 베였는걸요……. 그리고, 이 상처는 낫지 않아요, 그렇죠?"

"……!"

아울은 녀석의 마검에 베였다.

마검에 베인 상처는 치유마법과 회복마법을 일시적으로 받아들이지 않게 된다. 내 오른쪽 눈도, 왼손도, 치유마법으로는 상처가 아물지 않고 있었다.

하지만 그래도 포기할 수 있을 리가 없었다.

"아직 살 수 있을지도 모르잖아!"

"……이제, 괜찮아요."

"말하지 말라니까!"

상처 자리를 눌러 이 이상의 출혈을 막으려고 했지만 피가 멎지 않았다.

나를 보는 아울의 눈동자에서 빛이 사라져 갔다.

그것이 그녀가 이제 곧 숨을 거두리라는 사실을 보여 주었지만, 그래도 완전히 포기할 수 없었다.

"대장님의 부하로 싸울 수 있어서…… 행복했어요."

"……읏, 아울."

그 얼굴은 뭐야.

왜 그렇게 후회 따위 없다는 것처럼 흡족한 얼굴인 거야.

동요하는 내게 아울은 온화하게 웃어 보였다.

"……저는, 당신 밑에서 싸울 수 있어서, 후회하지 않아요."

"웃기지 마……! 그 웃기는 말은 뭐야! 너는 죽게 하지 않아! 죽게 할 것 같아?!"

"분명 다들…… 그럴 테니까, 당신은 줄곧 저희가 동경하던 모습으로 있어 주세요……."

내 목소리조차 들리지 않게 되었는지 초점이 맞지 않는 눈으로 허공을 올려다본 아울은 띄엄띄엄 내게 말했다.

그녀의 손에서 힘이 빠졌다.

"그것이, 대장님, 당신이니까……."

그 말을 내게 전하고, 그녀의 눈에서 빛이 완전히 사라졌다.

"……아."

아울의 몸이 얼음처럼 차가워졌다.

그녀의 몸은 두 번 다시 움직이지 않았다.

치유마법은 몸의 상처를 고칠 수는 있어도 죽은 자를 되살릴 수는 없었다.

"아, 으……."

숨을 거둔 그녀의 몸을 끌어안은 채 내 손을 보았다.

나와 아울의 피에 젖은 그 손을 보자 어쩔 도리가 없는 공포와 상실감이 내 마음을 강하고 깊게 괴롭혔다.

"——!"

녀석들이 죽었다.

아울이 죽었다.

내가, 살아남고 말았다.

풀 길 없는 감정에 나는 형언할 수 없는 소리로 울부짖을 수밖에 없었다.

***

녀석들의 시신은 전부 링글 왕국으로 데리고 돌아왔다.

그대로 마물에게 먹히는 것을 용납할 수 없기도 했지만, 대장이었던 책임으로 녀석들을 가족이 있는 링글 왕국에 돌려보내고 싶었기 때문이다.

부하가 전멸하고 나 혼자 살아남았다는 사실에 왕국은 한동안 시끄러웠으나 내게는 어찌 되든 좋았다.

마왕이 부활할지도 모른다는 정보를 로이드 님께 보고한 후, 나는 도망치듯 대대장을 사임했다.

견딜 수가 없었다.

부하들이 죽게 내버려 둔 자신을…….

녀석들의 가족들이 날 원망이라도 했다면 얼마나 좋았을까.

그러나 누구도 나를 규탄하지 않았다. 오히려 데리고 돌아와 줘서 고맙다고, 당신의 부하라서 행복했을 거라고 고마워했다.

그런 말들이 무엇보다도 내 마음에 깊이 박혔다.

녀석들이 죽고 한 달이 지났다.

그사이에 나는 녀석들과 생활했던 숙소에서 혼자 우울해하고 있었다.

대장으로서 이용했던 방의 구석에서 온종일 녀석들을 떠올리고, 그때마다 자신을 책망하는 그런 하루하루를 이어갔다.

"……."

붕대에 감긴 오른쪽 눈을 누르고 아울이 죽는 순간을 수없이 떠올렸다.

눈의 상처는 이제 고칠 수 있었다.

왼손의 상처도 시간이 지나면서 치유마법의 효과가 보이게 되었다.

오른쪽 눈을 고치지 않는 것은 그것이 내가 그 녀석들을 죽게 했다는 죄의 증거이자, 녀석들의 죽음을 잊지 않기 위한 벌이기 때문이었다.

"……."

한 달간 이곳에 다양한 사람들이 찾아왔다.

동기 기사들.

대대장 시구르스.

장군.

로이드 님까지 찾아오신 것에는 깜짝 놀랐다.

다들 내게 다시 기사로 돌아오라고 말하러 왔다기보다는 내가 부하들의 뒤를 쫓아 죽지 않도록 설득하러 왔다는 인상이었다.

"……그것도 괜찮겠네."

죽는다.

부하들을 죽게 하고서 혼자 뻔뻔스럽게 살아남은 내게는 잘 어울리는 결말이리라.

자조적인 웃음이 나왔다.

하지만 그것은 도망치는 것임도 이해하고 있었다.

죽어서 속죄해 봤자 녀석들이 기뻐할 리가 없다.

아울이 살린 목숨이었다. 그 녀석의 행위를 헛되이 만들 수는 없었다.

"살아서 뭘 해야 하는 걸까……."

나는 목적을 잃었다.

내 목숨을 어떻게 써야 할지, 어떻게 그 녀석들을 위해 속죄해야 할지, 그 답을 모색한 끝에 완전히 잃어버렸다.

이제 부대를 이끌 기력은 없었다.

분명 나는 이제 싸움을 위해 힘을 쓸 수 없을 것이다.

"……복수할까."

내게 마지막으로 남은 것— 그것은 가슴 안쪽에 억누르고 있는 분노와 살의였다.

네로 아젠스.

끝장내기 전에 놓쳐 버린 그 마족을 죽여서 부하들의 원수를 갚는다.

지금 당장 녀석을 찾으러 마왕령에 뛰어들까?

아마 단독으로 녀석들의 영역에 발을 들여 봤자 숫자에 밀려서 죽을 것이다.

하지만 그렇더라도 한 명이라도 많은 마족을—.

"읏…… 그건 아니잖아, 멍청아……."

애초에 그건 그냥 살인귀다.

복수심에 사로잡혀 제대로 된 사고를 할 수 없게 된 나는 이마를 힘껏 때렸다.

"조금 머리를 식힐까……."

머리가 얼얼해지며 겨우 제정신으로 돌아온 나는 깊은 한숨을 쉬며 자리에서 일어나 1층 식당으로 이동했다.

그리고 붕대가 젖든 말든 세수를 했다.

얼음처럼 차가운 물에 머릿속 안개가 걷히는 듯한 착각을 느끼며 얼굴을 닦고 식당 의자에 앉았다.

그리고 떠올렸다. 여기 있었던 그 녀석들을…….

"하……!"

인적 없는 식당.

언제나 이곳에는 녀석들이 있었다.

바보처럼 웃고, 바보처럼 기운차고, 바보처럼 솔직했다.

돌이켜 보면 나는 그런 녀석들과의 일상을 즐겼던 것 같다.

성가시다는 생각조차 들었던 한때가 지금은 한심하리만큼 그리웠다.

"하, 하하……."

한심하네.

나는 이렇게나 나약했나.

나는 이렇게나 연약했나.

자신은 강하다고 생각했었다.

그러나 이토록 간단히 무너지고 말았다.

그런 자신이 지독히도 우습고 바보 같았다.

"나는, 어떻게 해야 하지……."

이대로 모든 것을 내던지고 죽음을 택하든가.

증오스러운 마족에게 복수하든가.

선택할 수는 있지만, 어느 것이나 변변한 일이 아니었다.

녀석들은 지금의 나를 보고 어떻게 생각할까.

한심한 나를 보고 화낼까…… 아니면 슬퍼할까.

『당신은 줄곧 저희가 동경하던 모습으로 있어 주세요.』

불현듯 아울의 마지막 말이 머릿속을 스쳤다.

그 말을 머릿속에서 몇 번이고 반추한 나는 지금의 내가 그 녀석들이 동경하던 대장으로서의 자신과 동떨어져 있음을 자각하고 말았다.

지금의 나를 녀석들이 본다면 어떤 얼굴을 할까…….

"너희라면 웃겠지."

바보처럼 웃으며, 그런 걸 신경 쓰고 고민하다니 나답지 않다고, 그렇게 말할 것이다.

녀석들이 죽는 순간만을 떠올리느라 잊고 있었다.

내가 신뢰했던 부하들은 그저 앞만 봤었다. 지금의 나처럼 과거를 후회하는 것이 아니라, 그저 앞만을 바라보며 우직하게 내달리는…… 그런 녀석들이었다.

"……읏."

그것을 이해한 내 시야가 흐려졌다.

……내가 약한 모습을 보이는 것은 이것이 마지막이다.

그러니까 지금만큼은 허락해 줬으면 좋겠다.

더는 멈춰 서지 않을 테니까.

『대장님.』

녀석들이 나를 부르는 목소리가 들린 것 같았다.

환청이겠지만, 그것을 웃음과 함께 받아들인 나는 거칠게 눈가를 훔치고 붕대를 잡아뗐다.

"이제 괜찮아."

작게 중얼거린 나는 걷기 시작했다.

『녀석들이 동경했던 나로 있는 것.』

녀석들 보기 부끄럽지 않게 살아가자.

그것이 그 녀석들에게 구원받은 내가 살아갈 의미이기 때문이다.

"할 일은 정해졌어."

목숨을 구하는 조직을 만드는 것.

죽음을 의식하고 그 슬픔을 알게 된 내가 내린 대답—.

누구도 죽게 하지 않는 조직.

이름은 아직 정하지 않았으나 분명 필요해질 것이다.

앞으로 큰 전쟁이 벌어진다. 네로의 말이 사실이라면 그리 머지 않은 미래에 마왕이 깨어난다. 아득히 먼 옛날에 인간을 유린하고 용사에 의해 쓰러진 강대한 존재가 재차 인간을 위기에 빠뜨리려 하고 있었다.

그렇게 되면 많은 기사들이 싸움에 동원되고 죽을 것이다.

하지만 그렇게 되지 않도록 나는 대비하겠다.

전장에서 다치는 생명을 구하기 위해, 나처럼 가슴이 찢어질 듯한 아픔을 겪는 녀석이 없도록—.

"일손이 필요해."

적어도 다섯 명 이상은 있어야 한다.

치유마법사도 최소한 두 명은 있었으면 좋겠다.

"그리고 나와 똑같은 치유마법사도."

『움직일 수 있는 치유마법사』가 한 사람 더 필요하다.

아무리 강해도 움직일 수 없는 상태가 되면 구할 수 있는 자도 구할 수 없게 된다.

그런 사태를 피하기 위해 나와 똑같은 소양을 가진 치유마법사가 필요했다.

그저 고치기만 하는 치유마법사가 아니라, 전장을 달리고 방해물을 때려눕히는 치유마법사가—.

"하지만 있을까……?"

예전에 타국에서 제자로 삼아 달라며 찾아온 치유마법사가 몇 명 있었다. 조금 훈련을 봐 줬지만, 하루가 지나니 내게 가르침을 청하러 찾아오지 않게 되었다.

웬만한 정신으로는 내 영역에 발조차 들일 수 없다.

바라는 것은 육체의 강함이 아니라 어떤 상황에서도 결코 꺾이지 않는 정신력을 가진 녀석이다.

바로 아울처럼—.

"……나와 똑같은 치유마법사라……."

강인한 육체와 치유마법을 갖추면 한없이 불사에 가깝다.

그런 녀석이라면…… 죽지 않고 내 곁에서 계속 살아가 줄지도 모른다.

자신과 같은 존재라면 죽을 일은 없다.

두 번 다시 부하를 잃는 슬픔을 맛보지 않아도 된다.

"……그러려면 일단 찾아야겠지."

생각을 떨쳐 낸 나는 굳게 닫힌 문을 열고 밖으로 나갔다.

***

"이게 내 과거야."

"……."

그렇게 마무리하고 말없이 듣고 있던 올가를 보니 뭐라고 형용하기 어려운 표정을 짓고 있었다.

아마 무슨 말을 하면 좋을지 알 수 없어서 그런 거겠지만…….

"위로는 필요 없어. 동정을 받으려고 이야기한 건 아니니까."

"아…… 네. 하지만 괴롭지 않으셨나요?"

"뭐? 당연히 괴로웠지. 바보냐?"

그런 일을 겪고 아무런 느낌도 받지 않았다면 그야말로 인간이 아니다.

"역시, 그렇죠…… 아야?!"

"일일이 어두운 얼굴 하지 마. 짜증 나."

"바, 방금 뭐 하신 건가요?!"

표정이 어두워지는 올가에게 손가락을 튕겨 마력탄을 날린 나는 팔짱을 끼고 어이없어하며 한숨을 쉬었다.

"오늘은 이만 돌아가. 우울한 얼굴을 보고 있으면 나까지 기분이 가라앉아."

"……확실히 그러네요. 그럼 저는 이만 돌아갈게요. 아마 우루루가 오늘 신세 질 것 같으니 그 아이를 잘 부탁드립니다."

"문제를 일으키지 않는다면."

"하, 하하하. 그러길 바랄 뿐입니다. ……아, 그러고 보니."

"뭐야?"

뭔가가 떠올랐는지 올가가 이쪽을 돌아보았다.

"단장님에게 우사토 군은 어떤 존재인가요?"

올가의 질문에 눈을 살짝 크게 뜬 나는 웃고 말았다. 이 녀석은 마지막 순간에 재미있는 질문을 한다.

"손이 많이 가는 부하야. 아직도 가르칠 게 많아."

"하하, 우사토 군도 큰일이네요."

내 말에 기뻐하며 웃은 올가는 정중하게 인사하고서 단장실을 뒤로했다.

"손이 많이 가는 부하인가…… 아아, 그러네. 그 말대로야."

단장실에 남은 나는 문을 보던 시선을 바깥 경치로 돌렸다.

처음에는 평범한 애송이라고 생각했다.

아무런 특징도 없는, 그저 용사 소환에 휘말린 어린애라고.

하지만 치유마법의 소양이 있다는 얘기를 듣고 이 녀석을 단련시켜 보자고 생각했다.

사실은 이 녀석을 마지막으로 그만두자고 생각했었다.

어떤 치유마법사도 내 훈련을 버티지 못하고 원망하며 떠났다. 가능성이 보였던 올가와 우루루조차 꽝이었다.

나와 똑같은 치유마법사는 없다고 단념하려던 차에 우사토와 만났다.

정체되어 있었던 내 시간이 틀림없이 이때부터 움직이기 시작했을 것이다.

결코 꺾이지 않고, 결코 굴복하지 않고, 필사적으로 훈련을 쫓아오며 소화하는 우사토.

그런 녀석에게 나는 몇 번이고 수없이 그 녀석들의…… 아울의 모습을 겹쳤다.

쓸데없는 소리를 쫑알거리고.

마음이 꺾이지 않고.

지기 싫어하는 고집불통.

예전 부하와 닮아 가며 우사토는 훌륭하게 성장했다.

전장을 달려 많은 사람들을 구하고, 같은 세계에서 온 용사의 목숨조차 구해 보였다.

확실한 성장을 보여 준 그 녀석은 싸움의 끝에 「당신과 만나서, 도움이 돼서 다행」이라고 내게 말했다.

그때 내 심경은 필설로 다 말하기 어려운 것이었다.

"너의 존재에 나도 구원받은 거지."

그 녀석도 지금 자신의 사명을 위해 힘쓰고 있을 것이다. 그 앞에는 다양한 고난이 기다리고 있겠지만 내게는 확신이 있었다.

"내가 인정한 남자니까."

어떤 벽이든 반드시 넘을 수 있다.

그러니 무사히 돌아와라. 이 세계에서 너의 집은 이곳이다.

일부러 소리 내지 않고 마음속으로 중얼거린 나는 먼 밤하늘을 올려다보았다.

제6화 도착! 기도의 나라 사마리알!

새로운 동료, 네아가 더해진 여행은 여러 가지 의미에서 힘들었다.

일단 시끄럽고, 귀찮고, 덜렁거렸다. 그리고 아마코와 싸움이 끊이질 않았다. ……아니지, 정작 아마코는 전혀 상대해 주지 않는다는 점을 고려하면 네아 혼자 북 치고 장구 친다고 해도 되겠지만…… 아무튼 시끄럽다는 사실은 변함없었다.

마을을 나서고 며칠이 지나자 네아는 어느 정도 여행에 익숙해졌는지 침착함을 되찾았다. 그건 다행이지만, 원래 지닌 수다쟁이 기질은 침착함을 되찾아도 잠잠해지지 않았다.

"있지, 우사토네 세계에 관해 가르쳐 줘."

올빼미 모습으로 내 어깨에 앉아 있던 네아가 여행 도중에 뜬금없이 그런 질문을 했다.

이에 나는 작게 한숨을 쉬었다.

"하아……."

내심 싫다고 생각하며 곰곰이 생각에 잠겼다.

이야기하는 것 자체는 딱히 싫지 않았다. 애초에 그녀가 나를 붙잡으려고 했던 이유가 다른 세계에 관해 듣기 위해서였으니 이 질문 자체는 이상하지 않았다.

다만 관심 있는 것에 몰두하는 성격인 네아에게 선불리 다른 세계에 관해 이야기해도 되는 걸까.

분명 제어할 수 없게 되어서 온종일 질문 공격을 받을 것이다.

"응? 뭐라고 대답 좀 해 봐. 그냥 걷기만 하면 심심하잖아?"

게다가 이 녀석은 어째서 쓸데없이 거만한 걸까.

그보다 넌 안 걷고 있잖아.

내 어깨에 줄곧 앉아 있을 뿐이잖아.

날개로 뺨을 탁탁 때리는 네아의 행동에 살짝 울컥하면서도 웃는 얼굴을 만들었다.

"그럼 내가 살던 세계의 흡혈귀에 관해 가르쳐 줄까?"

"와아! 다른 세계의 흡혈귀라고?"

자신과 똑같은 존재에 관해 말해 주겠다고 하니 네아는 바로 관심을 보였다.

좋아, 좋아, 조금 놀려 주자.

"내가 살던 세계의 흡혈귀는 커다란 바위를 가뿐하게 들어 올리고, 상대를 쳐다보기만 해도 피를 뽑아내. 그리고 밤하늘을 제비처럼 날아다니며 민가에 숨어들어 사람의 생피를 빨아 마셔서 죽이는 괴물…… 아니, 밤의 지배자라고 해도 과언이 아니었지."

사실과 거짓을 섞은 내 흡혈귀 이야기에 네아의 얼굴이 굳었다.

"흐, 흐응…… 꽤 하는—."

"아니, 아직 안 끝났어. 눈으로 광선을 쏘거나, 사룡은 명함도 못 내밀 독을 입으로 토하거나, 거대화하거나, 안개가 되어 어떤 벽이든 통과한다든가. 나는 흡혈귀야말로 가장 위험한 생물이라고 생각해."

"그거 정말로 흡혈귀야?!"

"내가 거짓말이라도 한다는 거야?"

물론 거짓말이었다. 그런 흡혈귀가 있어서야 되겠는가.

그러나 억양 없는 목소리로 말한 내 이야기를 믿었는지 네아는 작게 몸서리를 쳤다.

다른 세계의 흡혈귀가 자신의 예상보다 훨씬 엄청난 괴물이라는 사실에 당황한 것이 눈에 보였다.

뭐지? 보고 있으니까 굉장히 즐거워.

"거, 거짓말이지? 흡혈귀가 그런 괴물일 리가 없어. 엇, 혹시 우사토가 보기에 나는 허접한 흡혈귀였던 거야?"

"뭐, 거짓말이지만."

"……어?"

"너는 허접하다기보다 유감스럽지."

내 말에 네아가 이쪽을 본 채 경직되었다.

그리고 마침내 내 말을 이해했는지 날개를 파르르 떨었다.

"키이이이이이! 나, 나를 속이다니 배짱 한번 좋구나!"

분노를 나타내듯 날개를 펼친 네아는 부리로 내 머리를 쪼려고 했다.

그러나 내 머리에 부리가 닿기 직전에 그녀의 몸은 무언가에 결박된 것처럼 경직되었고, 내 어깨에서 떨어졌다.

꺄아~ 하는 한심한 소리와 함께 떨어진 그녀를 왼손으로 받은 나는 손바닥 위에서 핑글핑글 도는 눈이 된 네아를 어이없게 바라보았다.

“주인인 내게 위해를 가할 수 없다는 제약을 건 게 바로 너잖아…….”

“까, 깜박했을 뿐이야!”

“본인이 잊으면 어떡해…….”

네아는 내게 위해를 가할 수 없었다.

그녀가 나와 강제로 맺은 사역마 계약에는 다양한 제약과 기능이 있는데, 그중에 『사역마는 주인에게 어떤 위해도 가할 수 없다』는 것이 있기 때문이다.

위해의 범위와 기준은 어디까지나 주인인 나의 재량이라서, 내 허가가 있다면 네아는 내게 마술을 행사할 수 있었다.

이로써 그녀가 내게 위해를 가할 걱정도 없어졌지만…… 설마 본인이 잊어버렸을 줄은 몰랐다.

“새대가리…….”

“거기 여우! 지금 뭐라고 했어!”

아마코가 나직이 중얼거린 말에 네아가 과민하게 반응했다.

블루링과 함께 앞에서 걷고 있던 아마코는 이쪽을 돌아보더니 어처구니없다는 표정으로 네아를 향해 말했다.

“사실을 말했을 뿐이야. 네가 왜 직접 안 걷고 우사토에게 들러붙어 있는지 알았어. 세 발자국 걸으면 잊어버리기 때문이었구나.”

“후, 후후후. 여행을 따라온 뒤로 줄곧 바보 취급을 받았지만 더는 못 참아! 부엉~!"

네아가 내 손바닥에서 날아올라 무시무시한 속도로 아마코에게 돌격했다.

반면 아마코는 안면을 노리고 돌진한 네아를 목만 살짝 기울여 피함과 동시에 그녀를 움켜잡고서 팔을 크게 빙빙 돌려 내 쪽으로 던졌다.

불과 몇 초 만에 반격당한 그녀는 공중에서 변신이 풀려 지면에 떨어졌고, 내 발치로 데굴데굴 굴러왔다.

……이 아이는 똑같은 상황을 얼마나 되풀이하려는 걸까.

"제, 젠장, 다음번엔, 다음번에는 꼭……."

"그 근성은 인정하지만, 움직임을 예측하는 아마코에게 이기기는 어려울걸? 그리고 올빼미 모습으로는 질 것이 뻔히 보이잖아……."

"시끄러워, 시끄러워! 원인을 따지자면 우사토가 거짓말했기 때문이잖아! 왜 거짓말하는 거야?! 왜 날 괴롭히는 거야?!"

"그렇다고 울 것까지는……. 아아, 미안, 미안하다니까!"

내가 잘못하긴 했지만, 왜 이 아이는 그냥 살짝 놀렸을 뿐인데 아마코에게 반격당하는 상황까지 가는 걸까.

캐치볼처럼 반격당해서 깜짝 놀랐어.

눈가를 벅벅 닦은 네아는 다시 올빼미로 변신하여 내 어깨로 날아왔다.

"결국 내 어깨에 앉는 거구나."

"흥, 나는 우사토의 사역마니까 여기가 가장 좋아."

요 며칠간 아르크 씨, 블루링, 짐말 위에 순서대로 앉아 본 네아는 결국 내 어깨에 정착하게 되었다.

아무래도 그녀는 내 어깨를 특등석으로 삼은 듯했다.

나야 시끄럽게 굴지만 않는다면 별로 상관없지만, 가끔 날개를 펼치면 귀나 목에 닿아서 간지러웠다.

그리고 아마코의 시선이 묘하게 엄격해지기도 하고.

"아, 그러고 보니……."

아인에게 배타적인 사마리알에서 네아는 어떻게 인식될까? 사역마라는 위치지만 인간 형태도 될 수 있고, 어떨까?

이런 것은 아르크 씨에게 물어보는 것이 제일이다.

"아르크 씨~."

"네? 왜 그러시죠?"

앞에서 말을 끌며 걷는 아르크 씨를 부르자 속도를 늦춰 나와 나란히 서 주었다.

나는 어깨에 있는 네아를 가리키며 궁금한 점을 물어보았다.

"이 녀석 말인데요. 사역마 계약을 맺기는 했지만, 인간형 마물을 사마리알에 데리고 들어가도 괜찮나요?"

내 질문에 아르크 씨는 조금 고민하는 동작을 취했다.

"으음~ 사역마라면 괜찮을 테지만……. 네아 같은 인간형 마물은 매우 드물기에 판단하기 어렵네요. 어쩌면 그녀는 사마리알 백성이 싫어하는 아인이라고 인식될지도 모릅니다."

사마리알이 아인에게 좋은 감정을 가지고 있지 않다는 것은 들었으나, 아마코뿐만 아니라 마물인 네아의 존재도 숨겨야 할지도 모른다니 정말이지 귀찮은 일이었다.

"당연하지."

넌더리를 내는 내 얼굴 옆에서 어째서인지 네아가 자랑스러워했다.

"인간형 마물은 사람의 말을 이해할 수 있는 지능을 갖추고 있어. 즉, 나처럼 똑똑하고 굉장한 마물은 아인에 한없이 가까운 존재인 거지!"

"지금 나는 널 여행에 동행시킨 걸 후회하고 있어……. 어라? 이거 혹시 노예를 데리고 있다고 오해받는 거 아니야……?"

"하하하, 그럴 가능성도 있겠네요……."

마, 말도 안 돼!

터무니없는 짐을 짊어지고 말았잖아.

강제로 계약을 맺은 건 네아인데 노예를 데리고 다닌다는 취급을 받아야 한다니…….

심지어 네아의 변신은 간단히 풀려 버렸다. 아까처럼 아마코가 네아를 잡고 휙 던지기만 해도 간단히 원래 모습으로 돌아왔다.

이곳이 만약 사마리알의 거리였다면 서신을 전달하기도 전에 문제가 터졌으리라.

왕국에서 쫓겨나는 정도라면 그나마 약과다. 네아가 토벌 대상이 되고 우리도 붙잡힐지도 모른다.

"안 들키면 돼. 내가 줄곧 올빼미 모습으로 있으면 되니까 괜찮아."

"적어도 인간 모습으로 있어 줘……."

"뭐~? 그치만 이쪽이 안 걸어도 돼서 편하단 말이야."

새로 변한 주제에 날지 않는다니, 이 아이는 왜 올빼미로 변한 걸까.

그리고 기본적으로 유감스러운 부분이 두드러지는 그녀가 자신 있게 「괜찮다」고 말하니 오히려 불안하기만 했다.

지식만큼은 많이 가지고 있어도 세상 물정에 어두운 이 아이는 사마리알에 들어가면 아마 뭔가 일을 저지를 테니, 서신을 전달할 때는 절대 같이 데려가지 말아야지.

"아르크 씨. 알현할 때 아마코랑 네아는 저희와 따로 행동하는 편이 좋을까요? 견원지간인 이 둘을 같이 있게 하는 건 불안하지만, 저희랑 함께 성에 들어가는 것보다는 낫겠죠?"

"그게 좋겠죠. 서신을 건넬 때 두 분은 블루링과 함께 대기해 주셨으면 하는데 어떻습니까?"

""싫어.""

너희 사이좋네.

요 며칠간의 너희를 보면 그 태도도 무리는 아니지만.

예상한 반응이 돌아와서 어깨를 떨구자 갑자기 아마코가 내 단복 소매를 잡아당겼다. 시선을 돌려 바라보니 이쪽을 올려다본 아마코가 우물거리며 말했다.

"하지만 어쩔 수 없는 상황이니까…… 그럴게."

"아마코……."

너무 착한 아이야.

이해심이 너무 좋아서 오히려 걱정되는 수준이야.

"네아, 너도—."

"싫어. 왜 내가 이런 건방진 수인과 같이 있어야 해?"

"아……."

귀찮은 아이네. 이래서야 누가 연상인지 모르겠다.

어쩔 수 없지. 다른 수단이 없다면 강경책을 쓸 수밖에.

나는 우리가 뭐라고 떠들든 앞에서 걸어가는 블루링에게 다가가 그의 머리를 쓰다듬었다.

"아마코는 참 장해. 블루링도 그렇게 생각하지? 누구와는 달리 떼도 안 쓰고 말이야."

"크앙……."

"맞아. 오늘 저녁은 고기 먹을까? 너, 최근 과일밖에 안 먹었잖아. 가끔은 힘이 나는 걸 먹고 싶지? 그래, 새고기는 어때?"

"삐이?!"

즉각 오른쪽 어깨에서 날아오르려는 네아의 머리를 왼손으로 눌렀다.

가면을 쓴 것처럼 웃으며 천천히 시선을 돌리자 눈물을 글썽거리는 올빼미가 덜덜 떨고 있었다.

응? 왜 그래?

"아, 아아~! 갑자기 이 녀석이랑 같이 기다려도 괜찮을 것 같다는 생각이 들어!"

"어? 그래? 이해해 줘서 고마워."

기운찬 목소리로 아마코와 함께 대기하겠다고 승낙해 주었다.

고개를 열심히 끄덕이는 네아를 누르고 있던 왼손을 치웠다.

자유롭게 움직일 수 있게 된 그녀는 고개를 휘휘 흔들더니 곤혹스러워하며 몸을 움찔거렸다.

"휴, 휴우~. 왜, 왜 이렇게 태연하게 협박하는 거야?! 내 상식이 잘못된 거야?! 아니면 우사토가 이상한 거야?!"

"안심해, 우사토가 이상한 거니까."

"하하하, 우사토 님은 변함없이 기발하시군요."

"기발하다고 귀엽게 말할 수준이 아니야!"

아마코는 무표정으로, 아르크 씨는 쾌활하게 웃으며 그렇게 말했다.

물론 새고기로 먹자고 한 건 농담이었다. 하지만 너무 참아 주면 여행에 방해가 될 테니 이런 수단을 쓰지 않을 수 없었다.

"뭐, 아무튼 대기하겠다고 해 놓고 두말하지는 않을 거지?"

"흐, 흥! 왜 그렇게 내 모습을 들키는 걸 무서워하는 거야? 만약 들키더라도 내가 기억을 지우면 그만이잖아."

"그건 어디까지나 최후의 수단이야. 어떻게 할 수가 없어서 정말로 진짜로 그 방법밖에 없을 때는 네 능력을 의지할 수밖에 없겠지."

하지만 사람들이 밀집한 장소에서 들킨다면 그녀의 능력으로도 기억을 지우기는 힘들 것이다.

잘못 사용한다면 괜히 더 입장이 나빠질 위험이 있었다.

"네 능력은 편리해 보이지만 쓰기가 어렵네."

"우우, 그 말투는 뭐야. 능력의 다양함으로 따지자면 날 능가할 자는 없어! 네크로맨서의 죽은 자를 조종하는 능력과 마력! 흡혈귀의 매혹과 산 자를 조종하는 능력과 변신 능력! 그리고! 내가 300년에 걸쳐 습득한 세 가지 마술!"

치유마법밖에 못 쓰는 나와 비교하면 엄청난 수였다.

그렇다고 하더라도 여행하면서 죽은 자나 산 자를 조종하는 능력은 필요 없었다. 만약 그 능력을 사용했다는 것이 들통이라도 난다면 서신을 건넬 때 상대를 조작해서 협력을 얻어 냈다고 여겨질 수도 있다.

실질적으로 여행 중에 네아가 활약할 만한 능력은 마술밖에 없는데…….

"잠깐, 세 가지 마술? 네가 쓸 수 있는 마술은 구속과 내성이 전부 아니었어? 심지어 꽤 쓰기 어렵잖아."

"쓰기 어렵다는 수식어는 필요 없어. 하지만 좋은 부분을 알아차렸구나."

잘 물어봤다는 듯 네아가 득의양양해졌다.

인간이 거의 일생을 바쳐서 습득하는 마술을 세 개나 알고 있는 것은 제법 대단한 것 아닐까?

"후후후, 이건 말이지. 어떤 마술사든 맨 처음에 배워야만 하는 중요한 마술이야."

"흐응, 그렇게 말하는 걸 보면 굉장한 마술이겠네."

"맞아. 나의 세 번째 마술, 그건—."

거기서 일단 말을 끊고 뜸을 들인 네아는 자신감 넘치는 눈빛으로 작은 입을 열었다.

“해방, 즉 해주(解呪)야!”

“……아, 응.”

의외로 수수했다…….

내 반응이 불만스러웠는지 네아는 부엉~! 하고 약간 노기를 띤 울음소리를 냈다.

“그 반응은 뭐야! 해방 주술은 엄청나게 중요한 마술이라고!”

“해방이라고 해도 확 와닿지 않는걸.”

오히려 그런 마술이 있다는 것에 놀랐을 정도다.

“잘 들어! 마술이란 건 말이지, 원칙적으로 자연스럽게 풀리거나 반영구적으로 계속 기능하거나 둘 중 하나야! 그렇기에! 그걸 푸는 마술인 해주는 맨 처음 배워야만 하는 중요한 마술인 거야!”

그렇구나. 그래서 그녀가 내게 걸었던 구속 주술은 시간이 지나자 사라졌던 건가.

만약 그녀가 말한 반영구적으로 기능하는 마술이었다면 나는 그녀가 해방시켜 줄 때까지 계속 구속된 채였을지도 모른다.

그런 점을 생각한다면 마술을 해제하는 해방 주술이란 것은 중요한 마술이라고 할 수 있겠네.

“그건 배우는 데 얼마나 걸려?”

“흐흥, 인간이 당연히 할 만한 질문이네.”

습득하는 데 시간이 걸린다면 해방 주술을 배우다가 다른 마술을 배울 새도 없이 죽어 버리지 않을까?

내 질문에 눈을 번쩍 뜬 네아는 과장되게 한쪽 날개를 펼쳤다.

"우왓?! 갑자기 뭐야……."

"불과, 불과 40년! 마술치고는 상당히 빨리 습득할 수 있지! 너무 복잡한 마술에는 써 본 적이 없어서 가능할지 모르겠지만, 간단한 마술이라면 순식간에 풀 수 있어!"

그야 장수하는 마물에게 40년은 순식간이겠지.

하지만 인간이라면 태어나 바로 공부해서 아무리 빨리 습득하더라도 아저씨가 되거든?

그렇게까지 해서 배울 가치가 있을까?

"……그 마술을 쓸 기회는 있는 거야?"

"당연히 있지. 어느 나라에나 마술사가 있잖아? 마술에 종사하는 자라면 당연하게 위험한 주물(呪物)이나 마술책을 다룰 터. 그걸 가지려면 해방 주술은 필요 불가결해."

"뭐?"

마술사? 그런 사람이 어느 나라에나 있다고?

고개를 갸웃하며 말없이 아르크 씨를 보자 그는 쓴웃음을 지으며 고개를 가로저었다.

다시 한 번 네아를 보니 마술이 평범하게 쓰이는 것을 전제로 자신이 배운 마술을 자랑하고 있었다.

이것들을 통해 도출할 수 있는 답은—.

"설마……."

네아는 이 세계의 마술이 거의 쇠퇴했다는 걸 모르는 건가?

……그럴 가능성은 충분하다. 태어나 줄곧 마을과 저택에 틀어박혀 있었던 아이다. 그녀는 마술을 조금 진귀한 기술이라고 인식하고 있을지도 모른다.

그렇다면 그녀에게 현실을 가르쳐 주는 것은 너무 가혹했다. 거의 무의미한 마술을 위해 40년이나 낭비했다고 알려 주는 것이기 때문이다.

"있지, 우사토—."

"아마코, 말하지 마. 말해 주지 말자. 이렇게 기뻐하는걸……."

아마코의 말을 막은 나는 기분 좋게 어깨 위에 앉아 있는 네아를 보고 얼굴을 돌렸다.

마술은 거의 쇠퇴했기에 해방 주술을 쓸 기회는 거의 없다고, 입이 찢어져도 말할 수 없었다.

네아에게는 처음으로 마술을 자랑할 상대와 만난 것일 테니 더 더욱 애처로웠다.

"어때? 우사토, 나 굉장하지?"

"그래, 너는…… 굉장한 녀석이야."

그렇게 자신감 넘치는 눈으로 보지 마. 괜히 더 불쌍하니까.

"후후후, 뭐, 당연하지. ……어째서 나랑 눈을 안 맞추는 거야?"

네아와 눈을 맞추지 않게 노력하며 앞을 보니 커다란 벽에 둘러싸인 도시가 보였다.

옳다구나 싶어서 나는 그 방향을 가리켰다.

"아, 뭔가가 보여!"

내 말에 따지고 들려던 네아도, 근처를 걷던 아마코와 아르크 씨도 전방으로 시선을 보냈다.

도시는 벽으로 막혀 있으나, 성으로 보이는 건물과 그와 비슷한 높이의 길쭉한 탑이 벽 위쪽으로 보였다.

"저곳이 사마리알인가."

루크비스를 출발하고 약 보름. 네아의 소동이라는 말썽도 있었지만, 우리는 마침내 다음 목적지인 사마리알에 도착하게 되었다.

제7화 불온! 우사토를 아는 왕!

사마리알.

기도의 나라라고 불리는 그곳에 마침내 도착하게 된 우리.

여기까지 오느라 고생했지만 내게는 지금부터가 진짜 시작이라고 해도 좋았다.

루크비스 때와는 달리 이번에는 사마리알을 통치하는 사람에게 나 혼자서 서신을 건네야만 하기 때문이다.

사마리알의 성문 앞에 도착한 우리는 일단 안으로 들어가기 위해 수위에게 말을 걸었다.

그때 아마코에게는 외투의 후드를 쓰게 했고, 네아는 올빼미가 아니라 인간 모습으로 변하게 했다.

그리고 네아 대신 블루링이 내 사역마라는 설정이 되었다.

블루링을 보고 수위는 몸을 긴장시켰지만, 블루링은 무해한 마물이라고 내가 어필하여 어떻게든 성에 들어갈 수 있었다.

하지만 그때 수위의 거동이 어딘가 이상했던 것이 신경 쓰였다.

"링글 왕국에서……. 아……! 그래. 들어가도 돼. 그 마물은 거리에 데리고 들어갈 수 없지만 이 근처에 있는 마구간에 말과 함께 맡기면 될 거다."

들여보내 준 것은 기쁘지만, 이 나라에 온 목적을 묻지도 않는 것이 조금 찜찜했다.

"뭔가 이상해. 날 알고 있는 걸까……?"

수위가 가르쳐 준 근처 마구간에서 블루링과 말을 위해 아르크 씨와 함께 짚을 정돈하며 그런 말을 중얼거렸다.

조금 전 수위의 반응은 우리가 링글 왕국에서 왔다는 말을 듣고 태도가 바뀐 것처럼 보였다.

"그럴 가능성이 없다고는 잘라 말할 수 없습니다. 마왕군의 움직임은 각국에 알려져 있으니 그와 함께 구명단의 활약도 많은 사람에게 전해졌을 겁니다."

하지만 그 내용을 사람들이 믿을 것이라는 보장은 없단 말이지…….

아무튼 치유마법은 그다지 좋게 인식되지 않는 마법이었다. 그런 마법을 쓰는 인간이 비정상적인 신체 능력으로 전장을 뛰어다니며 많은 인명을 구했다고 해도 사람들이 믿을까?

"……일일이 신경 써도 의미 없으려나."

아무 일도 없이 왕국에 들어오게 됐으니 지금은 안심하자.

"하아~ 그건 그렇고 네아가 사고 치지 않아서 다행이야……."

"그녀 때문에 너무 걱정하시는 것 아닙니까?"

"제가 데려왔다고 해도 과언이 아니니까요. 제대로 돌봐야죠."

나는 죽음을 받아들였던 그녀의 목숨을 구하고 말았다.

나 자신과 타인의 생명을 책임지는 것이 구명단의 사명이기도 하니, 구해 버린 그녀를 책임지는 것은 어떤 의미에서 당연한 일이었다.

"여행 도중에는 씩씩하게 행동하는 것처럼 보였지만, 사실은 태어나 처음 나와 보는 바깥 세계에 무척 불안할 거예요."

"확실히 그렇겠죠."

처음 보는 바깥 경치, 사람들로 가득한 거리. 그녀에게는 눈에 보이는 모든 것이 새로울 터였다.

"그래서 저는……."

"우사토~ 빨리 좀 와~."

"……."

장본인은 태평했다. 그녀의 쾌활한 목소리를 들은 나는 어이없음을 담아 한숨을 쉬었다.

"……하아."

"하하하. 자, 네아와 아마코 님도 기다리시니 어서 끝내죠."

"그러네요……."

고개를 떨구며 짚을 치워 블루링이 자유롭게 움직일 수 있는 공간을 확보한 나와 아르크 씨는 네아와 아마코가 있는 밖으로 이동하여 블루링과 말을 마구간 안에 넣었다.

블루링은 나른하게 한 번 울고서 아르크 씨와 내가 만든 자리에 눕더니 그대로 만두처럼 몸을 말고 쿨쿨 잠들어 버렸다.

"여기 얌전히 있어."

잠들어 버린 블루링을 쓰다듬은 나는 아르크 씨에게 몸을 돌리고 향후 예정을 물어보기로 했다.

"그럼 다음은 어떻게 할까요? 이대로 성으로 가나요?"

여관은 나중에 찾아도 되고, 거리 구경도 우선할 일은 아니었다.

그렇다면 이대로 성에 직행해야 할까 싶었는데 아르크 씨는 고개를 가로저었다.

"아뇨, 성보다도 먼저 갈 곳이 있습니다."

"네? 어디요?"

"사마리알에 도착했다고 링글 왕국에 전해야 합니다."

전하다니, 우리가 도착했다는 것을 멀리 떨어진 링글 왕국에 어떻게 전한다는 걸까.

내 반응에 아르크 씨는 이상하다는 표정을 지었지만 이내 그 이유를 헤아리고 멋쩍은 얼굴을 했다.

"아아, 우사토 님은 링글 왕국에서 이용할 기회가 없으셨던 것 같고, 루크비스에서도 웰시 님이 보내셨으니 모르실 수도 있겠군요."

"이용? 보낸다고요……?"

고개를 갸우뚱하며 아마코와 네아를 보자 아마코는 「몰랐구나……」라고 중얼거렸고, 네아는 나와 마찬가지로 고개를 갸우뚱하고서 턱에 검지를 대고 있었다.

좋아, 네아는 모르나 보네. 역시 히키코모리 흡혈귀야.

"설명하는 것보다 직접 보시는 편이 빠를 겁니다. 따라오십시오."

그렇게 말하고 짐을 고쳐 든 그를 따라가자 사마리알의 거리가 펼쳐졌다.

그중에서 탑은 한층 눈에 띄었는데, 그 꼭대기에 달린 커다란 은색 종이 이상한 존재감을 내뿜고 있었다.

"굉장한 탑이네……."

탑을 올려다보며, 거리를 걷는 아르크 씨의 뒤를 따라갔다.

주로 채소나 과일을 팔던 링글 왕국과는 달리 사마리알의 거리에서는 장식적인 도구를 많이 파는 것 같았다.

사람도 링글 왕국 못지않게 많아서 활기가 넘쳤다.

일행을 놓치지 않게 아마코와 네아에게 주의를 기울이며 북적이는 거리를 걷고 있으니 앞장서 걷고 있는 아르크 씨가 말을 걸어왔다.

"사마리알은 『기도의 나라』라는 이름으로 더 많이 알려져 있지만 마도구의 생산국으로도 유명한 나라 중 하나입니다."

"호오, 그렇다면 여기 있는 건 대부분……."

"마도구입니다. 일상적으로 쓸 수 있게 만든 물건이라 그렇게 비싸지 않은 것이 특징이죠."

마도구인가. 링글 왕국에서 살던 내게는 그다지 친숙하지 않은 물건이지만, 이렇게 가게 앞에 잔뜩 진열된 모습은 압권이었다.

불을 일으키는 마도구는 없을까? 이누카미 선배와 숲에서 조난당했을 때와 같은 일이 벌어지더라도 불이 있으면 상당히 편리하다.

"나도 이곳의 마도구를 애용했어. 적은 마력으로 장시간 쓸 수 있어서 편리해."

"너는 마을에서 나온 적이 없지 않았어? 어떻게 이곳의 마도구를 산 거야?"

"테트라가 사마리알에 갈 일이 있다고 해서 겸사겸사 사 오라고 했지."

……할머니한테 선물을 부탁하는 손녀잖아.

즐겁게 주위를 두리번거리며 걷는 네아에게 어이없어하고 있을 때, 뒤에서 누군가가 내게 부딪쳤다.

살짝 비틀거리며 고개를 돌리니 아마코가 내게 다가붙어 단복 소매를 움켜쥐고 있었다.

"어이쿠…… 아마코? 왜 그래?"

"……."

후드로 얼굴을 가리고 있어서 보이지 않지만 어딘가 긴장한 것 같았다.

그녀의 심상치 않은 모습에 이변을 느끼고 주위를 경계하자 바로 원인을 찾을 수 있었다.

"저 아이 때문이구나……."

발견한 것은 깔끔한 옷을 입은 소년이었다.

하지만 평범한 소년이 아니었다.

예의 바르게 의자에 앉아 있는 소년의 목에는 철제 목줄이 채워져 있었다.

"노예인가……."

후드 위로 아마코의 머리에 손을 얹어 안심시키며 링글 왕국이나 루크비스에서는 볼 수 없었던 이세계의 현실과 직면했다.

인간에게 구매된 인간, 노예.

아무 생각도 없다고 하면 거짓말이다.

하지만 이것도 내가 이 세계에서 살아가려면 받아들여야만 하는 현실이었다.

그런 생각을 하고 있다가 문득 소년과 눈이 마주쳤다.

소년은 살갑게 웃으며 작게 손을 흔들어 주었다. 나도 어색하게 웃으며 손을 흔들었지만, 뒤에서 노예를 보지 않으려고 애쓰던 아마코는 한층 세게 소매를 움켜쥐었다.

내가 상상했던 노예와는 뭔가가 조금 달랐다.

좀 더 이렇게…… 비장감이 감돌 줄 알았으나 예상과는 다르게 밝았다.

"아마코. 불안하면 계속 잡고 있어도 돼."

"……응."

아마 저 소년은 이미 누군가의 소유물로 팔렸을 것이다.

아마코가 이토록 긴장하는 것은 자신이 수인임이 탄로 날 시 일어날 소동을 상상했기 때문이겠지.

"제 배려가 부족했습니다. 죄송합니다. 예전에는 이렇게까지 공공연하게 노예가 있진 않았는데……."

"아니에요. 언젠가 마주해야만 할 일이었으니까요."

아마코의 모습을 알아차린 아르크 씨가 미안해했지만 그를 책망할 생각은 없었다.

"그런데 아르크 씨. 지금 어디 가고 있는 건가요?"

"아, 네. 다 왔습니다."

그 순간, 여러 파란색 그림자가 하늘에서 미끄러지듯 시야를 가로질렀다.

무심코 고개를 젖혀 그림자가 가로지른 방향을 보니, 조금 떨어진 곳에 있던 가옥의 2층 지붕에 파란 새가 앉아 있었다.

"비둘기?"

파란색 비둘기처럼 생긴 생물이 잔뜩 늘어서 있었고, 다들 한결같이 작은 배낭 같은 것을 메고 있었다.

신기하게 비둘기를 보다가 비둘기들이 있는 지붕 아래에 달린 간판 같은 것을 발견했다.

편지를 문 비둘기 마크와 『후버드』라는 글자가 큼직하게 적혀 있었다.

"후, 버드? 아르크 씨, 저곳은 혹시……."

"예, 저곳이 맨 처음 갈 곳이죠."

그랬군, 아르크 씨가 말했던 「도착을 전한다」는 것은 그런 뜻이었나.

"배달집 후버드. 저기서 먼저 저희가 사마리알에 도착했다는 취지를 전할 겁니다."

후버드. 그 이름을 들은 나는 다시 한 번 파란색 비둘기를 보고 감탄했다.

『배달집 후버드』는 편지 등을 배달하는 단체의 총칭으로, 비둘기와 흡사한 마물인 후버드를 사역하는 단체를 말했다.

원래 세계의 개념으로 말하자면 배달집이라는 것은 우체국이고, 후버드는 배달원이라고 할 수 있을 것이다.

후버드의 등에 메인 배낭에 편지 등을 넣고 보내서 원거리 정보 교환이 가능한 듯했다.

"평범한 새랑은 다른 거야?"

"후버드는 평범한 새와 달리 바람처럼 빨라. 게다가 마물이라 힘도 세서 그런대로 무거운 짐도 거뜬히 옮겨."

"흐응~."

"그리고 배달집이라는 이름은 후버드가 묵는 집이라는 의미도 있대."

"인간이 아니라 후버드를 위한 집이라는 거구나."

아르크 씨가 편지를 부치는 동안 밖에서 기다리던 나는 아마코에게 후버드에 관한 이야기를 들었는데 매우 흥미로웠다.

책에도 이름과 생태만 실려 있었기에 이렇게 사역마로서 인간을 돕고 있을 줄은 몰랐다.

후버드의 생태에 감탄하고 있으니 다음은 네아가 아마코를 밀어내고 이야기했다.

"후버드의 생태도 흥미롭지만, 더 재미있는 건 저 아이들의 사역마 계약이야."

"응? 사역마 계약이라니, 뭔가 다르기라도 한 거야?"

"전부 달라."

사역마 계약은 전부 비슷하다고 생각했지만 네아가 보기에는 전혀 다른 듯했다.

"저 아이들은 일대일 계약이 아니라, 후버드 한 마리가 여러 주인과 계약을 공유해. 여럿이서 계약을 공유하고 있기에 어느 나라에나 후버드의 주인이 있는 거야."

"그래서 편지를 주고받을 수 있는 거구나. 근데 넌 그걸 어떻게 알았어?"

직접 조사한 건가?

아니면 후버드를 보고 사역마 계약의 구조를 알아차렸나?

네아는 「흐흥」 하고 득의양양하게 웃었다.

"예전에 배달집 직원을 붙잡아서 들었어. 아까 저 아이들을 보고 떠올렸지."

"너란 녀석은……."

억지로 알아낸 이야기였던 건가……. 아니, 잠깐만.

후버드의 생태와 구조를 듣고 깨달았는데, 나크의 소개장을 링글 왕국에 보냈다면 나크가 온다는 것을 사전에 로즈에게 알릴 수 있었던 거 아니야……?

"……."

미안, 나크.

어쩌면 그 사람, 내 편지를 제대로 읽지도 않고 너한테 뭔가 불합리한 짓을 할지도 모르지만, 그것도 로즈 나름의 환영 인사 같은 거니까…… 힘내.

"많이 기다리셨죠? 보고서를 링글 왕국에 보내고 왔습니다. 겸사겸사 재미있는 것도 가져왔고요."

멀리 떨어진 제자의 건투를 빌고 있으니 편지를 부친 아르크 씨가 종이 한 장을 들고 건물에서 나왔다.

"재미있는 거요?"

"이겁니다. 우사토 님의 친구분들에 관해 적혀 있습니다."

"그게 정말인가요?!"

친구, 즉 이누카미 선배와 카즈키다!

깜짝 놀라서 아르크 씨가 보여 준 종이를 훑어보았다.

거기에는 각 나라에서 활약 중인 이누카미 선배와 카즈키의 이야기가 실려 있었다.

자세한 내용은 거의 적혀 있지 않았으나, 『결투 토너먼트 본선 진출!』이라든가 『마우(魔牛) 토벌!』 같은 살벌한 단어를 보면 두 사람도 장절한 여행을 하고 있는 듯했다.

결투 토너먼트에 마우 토벌인가…….

"이런 기사를 보면 사룡 따위는 별로 대단한 일도 아니네. 응."

"그렇지는 않죠."

"그렇지는 않아."

"그건 아니야."

"셋이서 한꺼번에 부정하지 않아도 되잖아!"

하지만 이누카미 선배와 카즈키도 열심히 노력하고 있었다.

두 사람의 활약을 보자 나도 힘내야겠다는 생각이 들었다.

"있지, 용사들은 어떤 사람들이야?"

선배와 카즈키를 생각하고 있으니 네아가 그런 질문을 했다.

뭐, 그녀라면 용사인 두 사람에게 흥미를 보여도 이상하지는 않았다.

"음, 아아…… 두 사람은—."

"역시 우사토처럼 괴므헉?!"

"누가 괴물이라는 거야."

두 용사에게 흥미를 느낀 네아가 어린아이처럼 눈을 반짝이며 다가왔으나, 순수한 인간인 나를 괴물로 취급하려고 했기에 약한 딱밤을 이마에 날려 주었다.

네아는 이마를 누르고서 「으~」 하고 신음했다.

"아파~! 무슨 짓이야?!"

"안심해. 약하게 때린 거야."

"분명 거짓말이야! 머리가 날아가는 줄 알았어!"

아무리 아파도 그건 오버지.

로즈는 진짜로 사람이 날아가는 딱밤을 날린다고.

"우사토의 『약하게』는 약하지 않아……. 게다가 방금, 말을 끝내기도 전에 때렸어……."

"응? 할 말 있어? 아마코."

뭐라고 나직이 중얼거린 그녀에게 눈을 돌리자, 아마코는 이마를 보호하듯 후드를 깊이 눌러썼다.

어쩔 수 없지. 방금 그 말은 넘어가 주자.

태클을 걸 만한 여유도 생긴 모양이라 조금 안심했다.

아마코가 평소 모습으로 돌아온 것에 가슴을 쓸어내린 순간, 대앵— 하는 커다란 소리가 위에서 울렸다.

엄청난 음량에 무심코 귀를 막았다.

"읏, 우오?!"

깜짝 놀란 나머지 어깨를 움찔하며 소리가 난 방향으로 눈을 돌

렸다.

대앵, 대앵, 반복해서 울리고 있는 것은 성과 비슷한 높이의 탑에 있는 종이었다.

"까, 깜짝 놀랐어……. 응?"

공기를 통해 진동이 전해질 만큼 큰 소리에 얼굴을 찡그렸다가, 조금 전까지 시끌벅적했던 주위가 조용해졌음을 깨달았다.

주위를 보니 사람들이 그 자리에 무릎을 꿇고서 묵도하고 있었다.

"이, 이건 뭐야……."

우리를 제외한 전원이 기도를 올리는 광경에 당황하고 있으니 가까이 다가온 아르크 씨가 작은 목소리로 속삭였다.

"이것이 기도의 나라라고 불리는 까닭입니다."

"솔직히, 이상한데요."

"……그렇죠. 타국 사람인 저희에게는 익숙하지 않은 광경입니다."

기도라기보다는 신앙에 가까웠다.

어린아이조차 작은 손을 맞대고 뭔가를 필사적으로 기도하고 있었다.

기도의 나라. 처음 그 이름을 들었을 때는 별다른 생각이 없었지만, 눈에 보이는 모든 사람들이 말없이 무릎을 꿇고 있는 광경은 이상했다.

"뭔가 저거…… 기분 나빠."

싫다는 얼굴로 탑을 보던 네아가 그렇게 중얼거렸다.

"왜 그래? 종소리에 정화될 것 같아?"

"그렇게까지 사악하진 않아!"

그럭저럭 사악하다는 것은 자각하고 있구나…….

사소한 사실에 놀라고 있으니 종소리가 멎었다. 그와 동시에 기도를 올리던 사람들이 움직이기 시작하며 다시 아까와 같은 활기찬 거리로 돌아왔다.

놀랍도록 빠른 전환이었다.

"그럼 우사토 님. 블루링이 있는 곳에 두 사람을 데려다주고 성으로 가죠."

"그러네요. 편지도 보냈으니까요."

본래 목적인 서신 전달을 잊어서는 안 된다.

짐 속에 서신 세 개와 예비 서신이 제대로 있는지 확인했다.

"좋아, 잘 있네."

이제 아마코와 네아, 그리고 짐을 블루링이 있는 곳에 두러 가볼까.

"그럼 아마코, 네아. 이제…… 어라?"

뒤를 돌아보니 네아와 아마코의 모습이 어디에도 없었다.

어떻게 된 것인지 조금 전까지 같이 이야기했던 두 사람이 돌연 사라져 버렸다.

"설마 이누카미 선배처럼 어딘가에 정신이 팔려서 가 버렸나?"

아니, 네아는 몰라도 아마코가 우리에게 아무 말도 없이 어딘가에 갈 리는 없었다.

하지만 이곳은 사마리알…… 아인을 배척하는 나라다.

불길한 상상이 내 머릿속을 스쳤다.

당황한 나는 아르크 씨에게 도움을 구했다.

"아르크 씨, 두 사람이……!"

"위험한데요. 서신은 나중에 전하기로 하고 두 사람을 찾죠."

아르크 씨의 말에 고개를 끄덕였다.

무슨 일이 생기기 전에 막아야 했다. 서신도 중요하지만, 언제든 건넬 수 있는 서신보다 동료를 찾는 것이 당연히 더 중요했다.

서둘러 아마코와 네아를 찾기 위해 이동하려고 했지만, 걸음을 내디디려던 내 팔을 아르크 씨가 붙잡았다.

"우사토 님, 멈추십시오."

"읏, 무슨 일인데요? 빨리 두 사람을—."

"뒤를 봐 주십시오."

아르크 씨의 말을 따라 뒤돌아보자, 성이 있는 방향에서 기사들이 대열을 이루어 이쪽으로 걸어오는 것이 보였다.

기사의 시선은 명백하게 아르크 씨와 나에게 향해 있었다.

큰 검을 지니고, 로브와 갑옷이 합쳐진 듯한 옷을 입은 희끗희끗한 흑발 남성이 아르크 씨와 내 앞으로 걸어오더니 천천히 입을 열어 낮고 묵직한 목소리로 말했다.

"잠시 괜찮으실까요?"

"……예."

이 사람들은 뭐지?

이야기만 빨리 듣고 두 사람을 찾으러 가고 싶다. 그렇게 생각하며 대답하자 남자는 정중하게 인사했다.

"링글 왕국의 구명단에 소속된 치유마법사, 우사토 켄 님 맞으십니까?"

"어떻게……?!"

어째서 내 신원과 이름을 알고 있는 거야?!

아직 성에 가지도 않았고, 수위에게도 링글 왕국에서 왔다는 말밖에 안 했을 터였다.

혹시 이 사람들은 아마코와 네아가 사라진 것과 뭔가 관계가 있는 건가?

"우사토 님, 진정하십시오."

"아르크 씨…… 하지만……."

주먹을 꽉 움켜쥔 내 어깨에 아르크 씨가 손을 올렸다.

"이들은 사마리알의 기사입니다. 그리고……."

아르크 씨의 시선이 눈앞에 선 남자의 허리에 있는 검으로 향했다.

칼자루 끝에 흉할 정도로 큰 구체가 달려 있었는데, 그것은 일정한 간격으로 점멸을 반복하고 있었다.

그 검을 잠시 본 아르크 씨는 눈앞의 남자들에게 들리지 않게 목소리를 낮췄다.

"……아마코 님이 이 자리를 벗어난 이유를 알았습니다."

"예……?"

"그들 앞에서 이유를 말씀드릴 수는 없습니다만 두 사람은 무사합니다. 그러니 지금은 온건하게 해결해 주십시오."

"……네."

나는 움켜쥐었던 주먹을 풀고 어깨에서 힘을 뺐다.

아르크 씨의 말을 들어 보니 아마코는 네아와 함께 스스로 이 자리를 벗어난 모양이었다.

이 사람들과 만난 것이 원인인가?

아마코가 무언가를 예지하고 『자신과 네아는 이 사람들과 만나서는 안 된다』는 결론에 이르러 자리를 피했다고 생각하면 앞뒤가 맞았다.

적어도 그렇게 간단히 신용해도 될 사람들이 아니라는 것은 확실하리라.

아무튼 이야기를 들어 보고, 상대가 강경 수단에 나설 것 같으면 이쪽도 그에 상응하는 대응을 하면 된다.

나는 마음을 진정시키고 눈앞에 있는 기사와 마주했다.

"당신은?"

"저는 사마리알 왕국의 기사단장, 페그니스라고 합니다. 먼 링글 왕국에서 이곳까지 오신 여러분을 맞이하러 왔습니다."

"맞이하러요? 어어, 대체 왜 저희를……?"

기사단장…… 군단장과는 다른 직함인 것 같지만, 아무튼 대장 격인 사람일 것이다.

어찌 됐든 내 신원을 알고 있는 것은 너무나 수상했다.

내 질문에 페그니스라고 이름을 밝힌 남자는 온화하게 웃으며 천천히 입을 열었다.

"우리의 왕, 루카스 우르드 사마리알 님께서 여러분과 만나 뵙기를 바라십니다."

"뭐…… 뭐라고요?!"

페그니스 씨의 말에 나는 입을 쩍 벌리고 말았다.

돌연 사라져 버린 아마코와 네아.

내 신원을 알고 있는 기사단장, 페그니스 씨.

그리고 나와 만나기를 원한다는 사마리알 왕국의 왕, 루카스 우르드 사마리알.

내 첫 서신 전달은 불온한 분위기를 느끼지 않을 수 없는 방식으로 막을 열었다.

막간 사룡이 사라지고 난 후

"……음."

사룡이 깨어났다는 이야기를 듣고 조금 지났을 무렵.

마왕님과 영양가 없는 잡담을 나누던 나는 무언가를 알아차린 것처럼 몸을 움찔한 마왕님의 이변을 깨달았다.

경악과 곤혹, 어느 쪽으로도 받아들일 수 있는 표정을 보고 「아아, 이분은 이런 표정도 지으실 수 있구나」라는 실례되는 생각을 하면서도, 임명받은 전속 시녀의 일을 다하기 위해 그 곤혹의 이유를 질문해 보기로 했다.

"왜 그러십니까?"

"사룡이 죽었다."

"네……?"

"표현이 좋지 못했군, 시엘. 이미 죽어 있던 것을 죽었다고 하는 것은 이상하지. 이 경우는 마침내 마땅한 모습으로 돌아갔다고 표현하는 편이 올바를지도 모르겠어."

"마땅한 모습?"

"마소로 돌아갔다. 마물답게."

아무래도 무시무시한 사룡이 조금 전에 사라진 모양이었다.

언젠가 스러질 것이라고 하셨으면서 마왕님은 왜 이토록 놀라신 것일까?

입가를 누르며 큭큭 웃은 마왕님은 내 의문과는 상관없이 의자에 깊이 몸을 묻으셨다.

"자연스럽게 죽은 것은 아니다. 적어도 앞으로 한 달은 날뛸 만한 잉여 마력이 있었을 텐데 벌써 마소가 되었지. 그 정도로 몸이 썩어 있는 상태였나? 아니, 고작 수백 년 만에 썩어 버릴 녀석이 아니야. 생각할 수 있는 가능성은 하나— 누군가가 녀석을 쓰러뜨렸다."

"……쓰러뜨렸다면 용사일까요? 듣자 하니 엄청난 힘을 가지고 있다고 합니다."

링글 왕국의 용사, 마왕군에 큰 손해를 끼친 두 인간…….

이야기로 들은 그들이라면 약해진 사룡도 해치울 수 있을 터였다.

그러나 마왕님은 천천히 고개를 가로저었다.

"링글 왕국의 용사 말인가? 확실히 사룡이 부활한 곳과 비교적 가까운 장소에 있지만 그들은 아닐 것이다. 용사의 소양을 가진 자는 특징적인 마력의 파동을 발산하니까."

"……."

나는 마왕님의 발언에 위화감을 느꼈다.

마왕님은 깨어나신 그날부터 줄곧 성에 계셨을 터였다.

그런데 어떻게 두 용사의 마력 파동이란 것을 파악하고 계신 걸까.

내 곤혹을 헤아리셨는지 작게 웃은 마왕님은 의문에 대답해 주셨다.

"음, 대단한 일은 아니다. 다소 피곤해지기는 하지만, 집중하면

장거리 마력 탐지도 가능하지."

"……터무니없는 힘이군요. 마왕님은 용사가 어디 있는지 간단히 알아내실 수 있다는 말씀인가요……."

"아니, 장거리 마력 탐지라고 해도 밤하늘에 뜬 별들 중에서 단 하나의 별을 찾아내는 것과 같아. 특징은 있어도 수많은 별들 속에 파묻히면 찾아내기 어렵지. 나는 그저 힘으로 밀어붙여서 탐지하고 있는 것에 불과해. 링글 왕국을 침략했을 때 용사들의 마력 파동을 기억했을 뿐이다."

내가 보기에는 마력 탐지를 힘으로 밀어붙일 수 있는 마왕님이 그저 경탄스러울 뿐이었다.

"예외가 있다면…… 용처럼 강렬한 개성을 지닌 마력이 발산될 때겠지."

그래서 현존하는 용의 숫자도 파악하셨던 건가.

확실히 피가 뒤섞인 인간보다도 긴 시간을 사는 용이 마력도 순수하고 대단한 존재감을 내뿜을 것이 틀림없다.

"이야기를 되돌릴까. 누군가가 사룡을 쓰러뜨렸다. 쓰러뜨린 것은 인간이겠지."

"인간, 인가요……."

마왕님이 그토록 강하다고 평가했던 사룡을 쓰러뜨리다니, 대체 얼마나 괴물인 걸까.

"사룡 주위에서는 다섯 개의 마력 반응이 보였다. 사령술사와 흡혈귀의 혼혈종, 블루 그리즐리, 예지마법을 지닌 수인, 화염마법을 지닌 인간…… 그리고 치유마법을 지닌 인간."
"별종들만 모인 느낌이네요……."
멀쩡한 것은 화염마법을 쓰는 인간뿐이었다.
마물 혼혈종에 예지마법을 지닌 수인에 치유마법사. 골치 아픈 자들이 사룡 주위에 집중되어 있었다.
"……서커스라도 해서 사룡을 쓰러뜨린 걸까요. 너무 웃어서 죽었다든가……."
"네 농담은 재밌구나, 시엘. 듣기만 해도 배꼽이 빠지겠어. 다음 번에도 기대하마."
조금도 표정을 바꾸지 않고서 말씀하셔도 전혀 기쁘지 않습니다.
마왕님이 진지하게 대답하셔서 나는 얼굴에 열이 오르는 것을 느끼며 수치심에 몸부림쳤다.
"사룡을 어떻게 쓰러뜨렸는지는 사소한 문제다. 재미있는 것은 여러 종족이 뒤섞인 자들이 사룡을 쓰러뜨렸다는 점이지."
"여러 종족이 뒤섞인 자들, 인가요."
"적어도 내가 봉인당하기 전에는 인간은 자신들이야말로 종족의 정점이라고 주장하는 어리석은 생물이었어. 그것은 지금도 변함없다고 생각했지만…… 아무래도 녀석 같은 이상한 인간도 있는 모양이야."
그렇게 중얼거린 마왕님은 천천히 일어나 허공을 바라보셨다.
시선 끝에는 새까만 천장밖에 없었지만 마왕님께는 다른 것이 보이고 있을지도 모른다.

"사룡의 부활은 시작에 불과해."

이때, 나는 투쟁심으로 물든 마왕님의 옆얼굴을 목격했다.

어린아이와 같은 천진난만함이 느껴짐과 동시에 등골이 서늘해지는 박력을 품은 장절한 웃음을…….

"사룡의 포효는 대륙에 퍼져 이런저런 커다란 변화를 일으키겠지. 보기에도 끔찍한 금기의 저주……. 현세를 살아가는 신룡과 그 혈족, 그리고 우리 마족도……. 재미있어질 것이다, 시엘. 전쟁이다. 아득한 옛날에 되풀이했던 투쟁이 다시 이 세상에서 시작되는 것이다."

마왕님의 말씀에 나는 아무런 대답도 하지 못한 채 무언을 관철할 수밖에 없었다.

그런 내게 눈길도 주지 않고서 조용히 웃으신 마왕님의 목소리가 어둑한 홀에 메아리쳤다.

번외편 똑 닮은 결의

링글 왕국과의 싸움에서 큰 실태를 저지른 나는 벌로서 제3군단장의 지위를 박탈당하고 평범한 일개 병사로 전락했다.

마왕군 제3군단장 아미라 베르그레트가 아닌 평범한 병사로서의 자신.

군단장이 아니게 되었지만 그것을 부끄러워하는 마음은 어디에도 없었다.

후방에서 지휘하는 것이 아니라 병사로서 무훈을 올린다. 전선으로 나가 검을 휘둘러 적을 쓸어버리고 아군을 고무시킨다. 그것이 나답게 싸우는 것이라고 해 주신 마왕님의 말씀이 나의 지금을 바꾸었다.

마왕님의 말씀을 통해 내가 해야 할 것을 이해한 나는 다음 싸움에 대비하여 수련에 힘썼다.

지금도 태양이 저물고 어둠에 지배당한 훈련장에서 계속하여 검을 휘두르고 있었다.

"흡!"

바람을 가르며 내리쳐지는 검.

벌써 몇천, 몇만 번을 반복한 동작이었다. 하지만 그럼에도 나는 만족하지 않았다.

한때는 실력으로 제3군단장에 올랐지만, 그래도 아직 자신의 힘에 만족한 적은 한 번도 없었다.

내게는 넘어야 할 벽이 있었고, 지금도 그 벽을 넘지 못했다.

"……아직도 부족한가."

나의 스승인 마왕군 제1군단장, 네로 아젠스.

바람마법과 탁월한 검술을 무기로 싸우는 전사.

바람을 휘감은 그의 몸은 온갖 공격을 막고 흘려버린다.

바람을 조종하는 그의 움직임은 질풍처럼 빠르다.

그의 싸움은 아군을 매료하고 적군을 피의 제물로 삼는다. 그런 스승님은 지금도 나의 목표이자 넘어야 할 벽이었다.

그러나 내게는 또 하나 넘어야 할 벽이 있었다.

"로즈……!"

앞선 싸움에서 고배를 마시게 했던 치유마법사 중 한 명—.

링글 왕국의 로즈.

녀석의 이름을 중얼거리며 검을 쥔 손에 힘을 준 나는 일단 어깨에서 힘을 빼고 심호흡했다.

군단장이 아니게 된 그 날부터 사적인 원한은 버렸다.

자신의 감정에 사로잡혀 본래의 사명을 잊어버리는 것은 어리석은 짓이다.

"하지만 여전히 녀석은 내가 넘어야 할 벽…… 그건 변함없어."

그날, 스승님을 빈사 상태로 몰아넣었던 로즈의 모습은 지금도 뇌리에 새겨져 있었다.

마왕군에 막 들어간 참이었던 내가 수습 병사로서 스승님의 부대에 배속되고 받은 첫 임무…….

후방 대기를 명령받았던 내가 이변을 느끼고 스승님이 계신 곳으로 가니 그곳은 그야말로 지옥이었다.

여행 중에 나를 걱정해 줬던 선배 병사들은 전부 링글 왕국의 기사와 함께 숨을 거둔 상태였다.

나는 빈사 상태였던 스승님을 모시고 필사적으로 그곳을 벗어나려고 했지만 등 뒤에서 느껴지는 강렬한 살기에 움직일 수 없게 되었다.

덜덜 떨며 돌아보니 수많은 송장의 중심에서 기어오며 이쪽을 노려보는 인간이 거기 있었다.

그것이 나와 로즈의 만남이었다.

녀석과 눈이 마주친 순간, 이때껏 느껴본 적 없는 살의가 내게 향했다.

약하고 별것 아닌 존재라고 생각했던 인간이 보내는 것임을 알고 있음에도 꼼짝도 할 수 없는 증오.

당시의 나는 무서워서 스승님을 데리고 도망칠 수밖에 없었다.

스승님이 빈사 상태에 몰릴 것이라고는 생각조차 못 했었다.

인간이 그렇게나 무서운 생물인 줄은 몰랐다.

『나는 저 인간을 쓰러뜨릴 수 없다.』

당시의 나는 싸우기도 전에 패배를 인정하고 말았다.

내가 생각하기에도 꼴사나운 일이었다.

그러나 마음이 꺾인 것은 아니었다.

자신의 약함을 통감한 내 안에서 솟구친 감정은 스승님을 이렇게나 몰아붙인 인간을 향한 투쟁심이었다.

죽어 버린 동료들을 위한 복수심이 아니었다.

그들은 마족의 미래를 위해 목숨을 걸고 싸웠다. 복수는 그들에 대한 모욕일 뿐이었다.

내 안에 샘솟은 투쟁심은 스승님을 향한 것과 똑같은 종류였다.

스승님은 내가 넘어야 할 벽이었다.

죽은 동료들은 내게 목표였다.

밉지 않다고 하면 거짓말이다.

그러나 그 이상으로 나는 그때부터 로즈라는 새로운 벽을 넘겠다는 의지를 태우고 있었다.

"그리고 그건 앞으로도 변함없어."

감고 있던 눈을 뜨고 양손으로 검을 단단히 움켜쥐었다.

나는 마왕님의 검.

선봉에서 길을 여는 병사.

여태껏 나는 로즈라는 존재에 집착하고 있었다.

이전의 추태를 설욕하겠다. 그 마음 하나로 군단장이 되는 그날까지 수련을 계속했다.

하지만 한 번의 패전을 계기로 나는 넓게 보는 법을 배웠다.

내가 싸우는 것은 설욕하기 위해서가 아니다.

우리 마족의 미래를 위해 싸우는 것이다.

마왕령이라는 벽지로 쫓겨나 인간에게 시달리며 살아온 마족들을 위해 힘을 발휘하는 것이야말로 지금 내게 주어진 사명이다.

"스읍……."

나는 조용히 숨을 들이쉬고 검을 상단자세로 들었다.

한순간의 정적 후에 검을 내리쳤다.

아직 미숙하지만 그래도 좋았다.

지금의 나는 단순한 병사. 군단장과 다르게 복잡하게 생각할 것 없이 그저 자기 자신과 마주할 수 있었다.

다음 싸움은 더욱 격렬하고 커질 것이다.

로즈와 전장에서 만날지도 모른다.

그때 나는 녀석의 앞을 막아서며, 쓸데없는 감정을 버리고 순수한 투쟁심을 가지고서 싸우자.

모든 것은 마왕님과 우리 마족의 미래를 위해—.

"이제 망설임은 없어."

나는 마왕군의 병사, 아미라 베르그레트.

마왕군의 승리를 위해 수련을 이어가는 평범한 전사다.

▲올빼미

Character Design

▲마을 처녀

▲마물

▲여행복

로즈

▲대대장 시절

아울
▲무장

치유마법의 잘못된 사용법 5
~전장을 달리는 회복 요원~

초판 1쇄 발행 2019년 1월 20일

지은이_ KUROKATA
일러스트_ KeG
옮긴이_ 송재희

발행인_ 신현호
편집국장_ 김은주
편집진행_ 최은진 · 김기준 · 김승신 · 원현선 · 권세라
편집디자인_ 양우연
국제업무_ 정아라
관리 · 영업_ 김민원 · 조인희

펴낸곳_ (주)디앤씨미디어
등록_ 2002년 4월 25일 제20-260호
주소_ 서울시 구로구 디지털로 26길 111 JnK디지털타워 503호
전화_ 02-333-2513(대표)
팩시밀리_ 02-333-2514
이메일_ lnovelpiya@naver.com
L노벨 공식 카페_ http://cafe.naver.com/lnovel11

CHIYUMAHO NO MACHIGATTA TSUKAIKATA ~SENJO WO KAKERU KAIHUKUYOIN ~Vol.5

ISBN 979-11-278-4832-3 04830
ISBN 979-11-278-4277-2 (세트)

값 9,800원

L NOVEL

두 번째 용사는 복수의 길을 웃으며 걷는다 1~3권

키즈카 네로 지음 | 신소라 일러스트 | 김성래 옮김

무엇을 잘못했을까.
용사로 이세계에 소환되었던 나— 우케이 카이토는 자문자답한다.
아무쪼록 도와 달라고 간청하는 말을 따라서 용사가 된 나는
마왕을 쓰러뜨림으로써 이 세계를 구원했지만…….
이제 볼일은 끝났다는 듯이 파티원 모두가 배반했다.
고락을 함께했고 동료라고 여겼던 놈들에게 누명을 씌워진 채
나는 끝내 살해당했다.
죽음을 맞이하는 순간, 나는 구원을 바라는 대신
이것들을 괴롭히고 괴롭힌 끝에 죽여버리겠다고 저주했다.
—정신을 차렸을 때, 나는 이세계에 소환되었던 때로 돌아와 있었다.
배반자에게 살해당했던 기억을 지닌 채.
이놈들 전부 기필코 다 죽여버리겠다!
가장 잔혹한 방법으로, 한 조각의 구원도 없는
고통과 비명의 피 구렁텅이에 빠뜨려서 죽여주겠다!!

—자, 복수를 시작하자.

라이트노벨의 새로운 빛! L북스의 신간은 매월 20일에 발매됩니다. http://cafe.naver.com/lnovel11

BOOKS